# दोपहरी

# दोपहरी

## पंकज कपूर

हार्पर
हिन्दी

हार्पर हिन्दी
(हार्परकॉलिंस पब्लिशर्स इंडिया) द्वारा 2019 में प्रकाशित

हार्पर हिन्दी हार्परकॉलिंस पब्लिशर्स इंडिया का हिन्दी सम्भाग है
4th फ्लोर, टावर A, बिल्डिंग नं. 10, डीएलएफ साइबर सिटी,
डीएलएफ फेज II, गुरुग्राम, हरियाणा – 122002, भारत
www.harpercollins.co.in
P-ISBN: 978-93-5357-099-6
E-ISBN: 978-93-5357-100-9
टाइपसेटिंग: मणिपाल टेकनोलोजी लिमिटेड, मणिपाल
मुद्रक : माइक्रो प्रिंट इण्डिया, नई दिल्ली

This product is made of FSC®-certified and other controlled material.

HarperCollins Publishers, Macken House, 39/40 Mayor Street Upper, Dublin 1, D01 C9W8, Ireland

"दोपहरी" उन सबके नाम
जिन्होंने वक़्त, उम्र और रिश्तों में
खुद को भुला दिया...

# असल से कुछ पहले

आग जलती है तो धुआँ उठता है। सीने में गहरे कोई टीस उठती है और कोई रूप ले कर उभरती है तो अम्माँ बी जैसी दिखती है। ठहराव, अकेलापन, दिसम्बर की सर्दी की दोपहर जैसा।

दोपहरी।

क्यों और कैसे?

क़लम काग़ज़ पर उतरा तो अम्माँ बी ने जन्म लिया। चार दिन का सिलसिला, काग़ज़ और क़लम के खेल का। रातों में लिखने के बावजूद "दोपहरी" ने जन्म लिया। जिस फ़ॉर्म से वाक़िफ़ रहा हूँ, उस में लिखा।

टाइपिस्ट प्रेम सिंह, मेरे बच्चे और परिवार वाले "दोपहरी" के पहले शिकार हुए।

पुराने, अज़ीज़ दोस्त, शायर और लेखक अक्षय, ने सुना तो मेरी पत्नी सुप्रिया से कहा, “छपना चाहिए।” सो कई साल पहले भोपाल से छपने वाला “साक्षात्कार” इसका पहला गवाह बना।

नेशनल स्कूल ऑफ़ ड्रामा के उस वक्त के डायरेक्टर, श्री राम गोपाल बजाज, ने सुना तो कहा, “स्टेज पे पढ़ के सुनाओ।” सो स्टेज के लिए शो बना।

मित्र कमल तिवारी ने सुना-देंखा तो चंडीगढ़ में इसका शो हुआ। सुनने-देखने वालों ने तय किया की ये सिलसिला जारी रहना चाहिए।

पचास से ज़्यादा “दोपहरी” के स्टेज-शो दुनिया भर में हो चुके है और ये सिलसिला अभी भी पूरे जोशोख़रोश के साथ ज़िन्दा भी है और बरक़रार भी। मेरी सुप्रिया की मेहनत ने इसे कनिष्क गुप्ता के ज़रिये हार्परकॉलिंस तक पहुंचाया।

अच्छे, समझदार-से लोग।

सो दोपहरी अब छप के आपके हाथों में भी है, और नज़र और समझ से परखने को तैयार भी है।

राहुल सोनी, जो इसके एडिटर हैं, और जिन्होंने इसका अंग्रेजी अनुवाद भी किया है और मुझे कुछ बर्दाश्त भी किया है, उनका शुक्रगुज़ार हूँ।

## दोपहरी

गर पढ़ते हुए मज़ा आये,
आपको माँ, दादी, नानी याद आये,
चेहरे पे मुस्कराहट और हँसी कभी-कभी बन आये,
आँखें नम हो आयें,
और कुछ अपने घर का सा महसूस हो,
तो मैं मान लूँगा के मैंने जो कोशिश की वो फिजूल नहीं थी।

# दोपहरी

# एक

अम्माँ बी ने बड़े-से पलंग पर करवट ली और आँखें बड़े घड़ियाल पर जमा दीं। एक मिनट था तीन बजने में। रोज़ाना की तरह आज भी उनका वक़्त का अन्दाज़ा सही था और देखती रहीं जब तक के घड़ियाल ने तीन का ऐलान नहीं कर दिया। दीवारों पर से फिसलती बिना चश्मे की पैंसठ साल की नज़र दरवाज़े पर जा टिकी और अम्माँ बी सहमकर दरवाज़े से आँगन को देखने लगीं। ख़ूब धूप बरस रही थी बाहर। उनके कान किसी ख़ौफ़नाक आवाज़ का इन्तज़ार कर रहे थे। एक हाथ टेलिफ़ोन पर जा चुक़ा था और दो-एक बार अपने मरहूम मियाँ की आदमक़द तस्वीर को शिकायत भरी नज़रों से देख चुकी थीं।

किसी के कूदने की आवाज़ सुनी, हिम्मत बटोरी बिस्तर पर बैठ गयीं और लिहाफ़ के नीचे छुपा पुराने क़िस्म का छुरी वाला डण्डा निकाला और उसके आने का इन्तज़ार करने लगीं; वही जो रोज़ तीन बजे आता है और ओझल हो जाता है। भूत तो दिन में नहीं निकलते ये मरा कौन है, जो इस बुढ़ापे में भी मुझे चैन से मरने नहीं देगा।

क़दमों की आहट, पत्तों की झनझनाहट। एक साया दरवाज़े के बाहर दिखाई दिया। कौन है? और बस ओझल। पसीने से तरबतर अम्माँ बी ने मदद के लिए इधर-उधर देखा। कमरे की हर चीज़ अपनी जगह ठण्ड में सिकुड़ रही थी और खिड़की से बाहर दिसम्बर का महीना मुस्करा रहा था।

ये कमबख़्त जुम्मन पूरे दिन के लिये क्यों नहीं रह जाता मेरे पास। कोई होगा तो इस साये को पकड़ने वाला जो हर दोपहर मेरे पैंसठ बरसों के सुकून को मसलकर भाग जाता है।

हाथ में छुरी लेकर दरवाज़ा खोला। बाहर ख़ाली आँगन था और 1936 की वो गाड़ी जो अब ज़मीन पर चलने की बजाय बोझ थी और जगह-जगह उसकी खिड़कियों से पेड़-पौधे उग आये थे।

धूप अच्छी थी और तख़्त ठीक जगह पर मौजूद था। बी ने पानदान में से पान उठाया और चबाने लगीं। साँस छोड़ी, अब कोई डर नहीं था। मुआ तीन बजे के

बाद तो कभी आता नहीं। एक नज़र इस बड़ी हवेली पर डाली और पान चबाते-चबाते आँख झपकने लगीं – के मुई 1936 वाली गाड़ी पे नज़र पड़ी। आँख बन्द कर ली।

गाड़ी चलने लगी और पैंसठ बरस की अम्माँ बी शादी के जोड़े में नयी ऑस्टिन में बैठी हवेली में दाख़िल हो रही थीं। गाने-बजाने की आवाज़ तो थी पर कोई था नहीं नज़र में सिवाय ख़ुद के। अकेली ने पूरा घर देखा। बहुत बड़ा था, उम्मीद से ज़्यादा, मैं बेगम हूँ और ये मेरी जागीर।

क़दमों की रफ़्तार तेज़ हो गयी और इधर-से-उधर दौड़ते हुए पूरे घर पर हुक्म चला रही थीं। बड़े आईने के सामने जा खड़ी हुईं – इस उमर में लाल जोड़ा और वो भी एक बेवा औरत पर।

चीख़ीं और उठ गयीं। धूप ढल गयी थी। शाम आँगन में अपना बिस्तर बिछा रही थी और कोई दरवाज़ा भड़भड़ा रहा था।

अधखाये पान ने तवज्जो माँगी और मुँह चलने लगा। एक नज़र उस मुई ऑस्टिन पर डाली और बड़ा दरवाज़ा खोला।

वही था जुम्मन नेकर और रंगीन बनियान पहने। फूटी आँख नहीं भाता था बी को, मगर दिन भर जो वक़्त जुम्मन के साथ गुज़रता था उसका इन्तज़ार भी रहता था।

वाहिद वही एक इन्सान था जो उनके बुढ़ापे की आवाज़ को सुनता-देखता था। बस।

जुम्मन ने बड़े दरवाज़े की सिटकनी लगायी और किसी चाबी लगे खिलौने की तरह बावर्चीख़ाने की तरफ़ हो लिया।

बी से उतना तेज़ तो ना चलते बना, पर फिर भी पहुँच गयीं उसे कोसते हुए। जुम्मन ने जिन्न की रफ़्तार से बर्तन धोना शुरू किये, सब्ज़ी काटी, चढ़ाई और ऐलान किया – "ख़ुद उतार लेना बी, आज टैम की कमी है। लड़की वाले देखने आ रहे हैं।"

"अरे तुझे कौन लड़की देगा?" ना चाहते हुए भी बी ने जंग का बिगुल बजा दिया। जवाब में जुम्मन ने पलेट तोड़ दी। बी ने फ़ौरन सफ़ेद झण्डा दिखाया और कहा, "अरे कमबख़्त, इन कपड़ों में कौन लड़की शादी करेगी तुझसे। आजा जावेद की एक पुरानी पतलून-क़मीज़ है पहन लेना रात में।" बी रसोई से बाहर गयीं, जुम्मन ने फ्रिज खोला, मिठाई का टुकड़ा रखा, मुँह बन्द किया और झाड़न से मुँह पोंछकर बी के कमरे में जा पहुँचा। बी जानबूझकर निकल आयी थीं बाहर। खा लेने दो हरामुदहर को। सोचा था, ये भी चला गया तो मेरा क्या होगा।

बड़ा सन्दूक़ खोला गया। जुम्मन ने ज़मीन पर जगह बना ली। वो जानता था एक घण्टे से पहले कुछ हासिल

नहीं होगा। उसको इस इन्तज़ार की आदत थी और मज़ा भी आता था क्यूँकि जाते हुए हाथ भरे होते थे। "शादी के बाद यहाँ आ के रह लेना," अपनी तन्हाई से निपटने का कोई मौक़ा खोना नहीं चाहती थीं बड़ी बी। "पीछे वाला कमरा दे दूँगी तुझे और तेरी बीवी अकेली न रहेगी। तू काम करके शाम को लौट आया करना। मैं और तेरी बीवी एक-दूसरे की देखभाल कर लेंगे।"

"देखूँगा," बोला जुम्मन।

बी ने कड़ी नज़र से देखा और सोचा, कमबख़्त किस मिट्टी का बना है।

जुम्मन का चेहरा वैसा ही था जैसा होता है और जैसा हमेशा रहेगा।

बी सन्दूक़ के साथ जुड़े कई क़िस्से जुम्मन को सुना चुकी थीं और ये भी बता चुकी थीं कि जावेद जब बीवी-बच्चों समेत आयेगा तो तेरे लिए एक विलायती पतलून मँगवाऊँगी और तेरी बीवी के लिए नायलॉन की अमरीकी साड़ी।

जुम्मन सो रहा था।

पतलून-क़मीज़ की चोट ने उसे जगाया। उसने कपड़े उठाये और बिना सलाम किये चला गया। बी उसे बड़े गेट तक जाते हुए देखती रहीं। ज़रा आँखें नम हुई और अपनी तन्हाई के बोझ को उसी पलंग पर लाद दिया जो कई दिनों से उसका आदी हो चुका था।

दूर से अज़ान की आवाज़ सुनाई दी और रात ढले बड़े़ दरवाज़े ने देखा के बी धम्म से अपने बिस्तर पर जा पड़ीं जैसे इस पुरानी, बूढ़ी तन्हा हवेली की कोई मेहराब अपने आप को छोड़कर किसी खम्भे के सहारे टिक-सी गयी हो।

# दो

आसमान में पतंग उड़ रही थीं और पड़ोस से आवाज़ें आ रही थीं। पेच लग रहे थे। पतंग कट रही थीं।

जुम्मन आँगन में झाड़ू लगा रहा था, टूटी हुई। उसने ज़ोर लगाकर झाड़ू के दो हिस्से कर दिये और तीले गुस्से से आँगन में फैला दिये।

अम्माँ बी ने जब चाय की प्याली के साथ ट्रे में झाड़ू के तीले भी देखे तो लानत फिटकार पिलायी जुम्मन को लेकिन उसके पत्थर जैसे चेहरे पर कोई भाव नहीं आया। सब सुनने के बाद बोला, "मेरा हिसाब कर दो।"

अम्माँ बी को जैसे बिच्छू ने काट लिया।

"अल्लाह, इस बुढ़ापे में एक अकेली औरत को मरने के लिए छोड़ जायेगा? तेरे बाप-दादा बेगारी करते थे मेरे

यहाँ। मैंने तुझे घर का बावर्ची बना दिया, तनख़्वाह देती हूँ तुझे। अपने बच्चे की तरह लाड़ करती हूँ। घर पे रहने तक को दावत दे दी मैंने, लेकिन फ़ितरत से तो तू वही है ना। मरेगा जब कमबख़्त, तो अल्लाह मियाँ के सामने जाने से पहले माटीमिले, तुझे मेमन और अल्लाहरक्खे ने जूते नहीं लगाये तो मेरा नाम अम्माँ बी नहीं।''

पता नहीं क्यों कुछ असर हुआ इस बात का जुम्मन पर। रोनी सूरत बनाकर बोला, ''अब्बू और दद्दू को क्यों लाती हैं बीच में?''

अम्माँ बी को शह मिली।

''कभी सोचा है, तुझसे पहले ऊपर जाऊँगी और जो एक-एक हरकत तेरी नहीं बतायी मैंने तेरे अब्बा और दद्दा को तो मैं भी लाल हवेली की अम्माँ बी नहीं।''

जुम्मन ज़ोर-ज़ोर से रोने लगा।

अम्माँ बी ने चाय की प्याली उठायी, चुस्की ली, चाय की कम और जुम्मन के रोने की ज़्यादा, और बोलीं, ''अच्छा रो मत, नहीं बताऊँगी। अब बता बात क्या है?''

जुम्मन ने झटके से रोना बन्द किया।

''झाड़ू टूट गयी है। इतना बड़ा आँगन कैसे साफ़ करूँगा टूटी झाड़ू से।''

''चल, दूसरा दिलवा देती हूँ।''

अम्माँ बी ने मोटा चाबियों का गुच्छा उठाया और कई गलियारे कमरे खोलते-खोलते एक कमरे में पहुँचीं

और वहाँ से झाड़ू निकाल के दी। एलबम उठाया और कमरे को ताला लगाया।

बरामदे में बैठकर नाश्ता किया और जुम्मन को झाड़ू लगाते हुए देखती रहीं। जाते हुए दो रुपये दे दिये।

"मिठाई खा लेना।"

जुम्मन ने पैसे मुठ्ठी में बन्द किये और जाने लगा।

बी ने आवाज़ दी।

"देख जुम्मन, जो तू दोपहर को मेरे पास ठहर जाया कर तो पचास रुपये तनख़्वाह बढ़ा दूँगी।"

जुम्मन ने इनकार से सिर हिलाया।

"हवेली भी दे दोगी तो दोपहर में नहीं रुकूँगा।"

दो क़दम चलके फिर पलटा।

"अब्बू और दद्दू को भी कह देंगी तो भी नहीं रुकूँगा। भले उनके जूते ही क्यों ना खाने पड़ें।"

और हवा के झोंके की तरह बड़े फाटक से ग़ायब हो गया। बी ने पान का बीड़ा लगाया, चश्मा पहना और सामने रखे एलबम को देखने लगीं। बड़े मियाँ की तस्वीरें आगे बढ़ा दीं। दो साल के बच्चे की तस्वीर को देखती रहीं। आँखों में आँसू आ गये।

"आप रो क्यों रही हैं दादी अम्मी?" हुसैन ने आवाज़ दी।

आँखें खोलीं तो दो साल का हुश्शू उनके आँसू पोंछ रहा था।

जावेद ने चाय पीते हुए जवाब दिया, "बेटे, हम लोग अमरीका वापिस जा रहे हैं ना इसलिए।"

बी ने फिर से कहा, "जद्दू रुक जाओ और अपना घर सँभालो, बेटा। मैं भी कब तक रहूँगी?"

"आप क्यों नहीं चलतीं हमारे साथ?"

"अपना घर छोड़कर चली चलूँ और ऊपर जाकर तुम्हारे अब्बा को क्या जवाब दूँगी? और दुल्हन तो चाह भी रही है यहाँ रहना।"

जावेद ने सलमा को देखा, जो मुस्करा दी।

सलमा ने कहा, "ठीक है अम्मी, इस बार इन्हें मनमानी कर लेने दें। अगले साल का वादा करती हूँ के बस फिर नहीं लौटेंगे अमरीका।"

उम्मीद में बी ने हुश्शू को चूम लिया। बड़े दरवाज़े पर अलविदा कहा और देर तक गाड़ी को दूर जाते देखती रहीं।

बड़े घड़ियाल ने तीन बजा दिये।

अचानक बी सहम गयीं। लपककर चाकू वाली छड़ी उठायी, दरवाज़े को सिटकनी लगायी और वहीं नीचे बैठ गयीं। वही पैरों की आवाज़, सीढ़ियों से उतर रहा होगा। अपने तावीज़ को बायें हाथ से पकड़ लिया और कुछ पढ़ने लगीं। लेकिन कान बाहर की तरफ़ थे।

ज़रा-सा सर उठाया, ताड़ से एक पत्थर दरवाज़े पे आ पड़ा। बी चीख़ीं और ज़मीन पर गिर गयीं। दूर जाते हुए क़दमों की आवाज़ सुनी। आज तो पायल की आवाज़ भी है।

आवाज़ ग़ायब होने के बाद बी उठीं और फ़ोन मिलाया।

सक्सेना साहब ने फ़ोन उठाया। सक्सेना साहब बड़े मियाँ के बड़े अज़ीज़ दोस्तों में से थे और लखनऊ भर में अम्माँ बी को उनसे ज़्यादा किसी पे भरोसा न था।

"भाईजान, आज फिर वैसा ही हुआ। ठीक तीन बजे। लेकिन क़दमों के साथ पायल की आवाज़ भी थी और एक पत्थर भी मारा गया मुझे।"

"आप ठीक तो हैं, बी? जुम्मन कहाँ है? अच्छा ठीक है। दो-एक मरीज़ बैठे हैं, मैं उन्हें निपटाकर आता हूँ।"

बी को तसल्ली हुई, हिम्मत बटोरकर दरवाज़ा खोला, बाहर फिर वही धूप चमचमा रही थी। पत्थर के साथ एक काग़ज़ का पुरज़ा था। काग़ज़ पर लिखा था, "आज रात दस बजे।"

# तीन

“आज रात दस बजे।”

अबी ने पुरज़ा पढ़ा और ठण्डी पड़ गयीं। “इसका मतलब आज रात को भी आयेगा, और ख़ुदा जाने क्या इरादा है उसका।”

सक्सेना साहब ने कहा के, “भई, आज ब्लड प्रेशर ज़रा ज़्यादा है इसलिए आ नहीं पाऊँगा। और बहरहाल कल तो इतवार है और दोपहर का खाना हमेशा की तरह आपके साथ ही खाऊँगा। आप जुम्मन को रात अपने यहाँ रोक लें, न माने तो मेरा नाम ले देना। और कोई बात हो तो फ़ोन कर लेना।”

“अल्लाह, अब क्या होगा”, अम्माँ बी बड़बड़ायीं। कुछ देर सन्न-सी बैठी रहीं। तरह-तरह के ख़याल आते रहे। “मान लो ये सारी जुम्मन की ही चाल है, मुझे डराने

की। दोपहर में रहने को क्यूँ मना करता है? पर ये ठीक है, रात उसे रोक लूँगी। अगर कोई आया तो जुम्मन शोर तो मचा ही लेगा। एक से दो भले।''

बी को वक़्त का ख़याल ही नहीं रहा। शाम हो गयी। जुम्मन अभी तक नहीं आया। जो आज न आया तो? इस ख़याल से बी उठीं, चाबियों का बड़ा गुच्छा उठाया और अपनी फ़ितरत के बरअक्स तैयार हुईं, बड़े दरवाज़े को ताला लगाया, रिक्शे में बैठीं और जुम्मन के घर की तरफ़ रवाना हो लीं।

बाहर हवेली के कितना शोर है, गहमागहमी है, चहल-पहल है। ज़माना कितना बदल गया है। देखो ये लड़कियाँ क्या कपड़े पहनने लगी हैं। कुछ देर बाद वो घर से क्यों निकली हैं, ये ख़याल ही न रहा था उन्हें। रिक्शेवाले ने पूछा, ''किस मुहल्ले में जायेंगी, बी?''

बी को होश आया, ''अरे ये कहाँ ले आये। लौटा लो रिक्शा और दायें को मोड़ लेना, तीसरा झोंपड़ा है। तुम रुकना ज़रा। बस ये गयी और ये आयी।''

रिक्शेवाले ने बुरा-सा मुँह बनाया, मगर रुक गया। वापसी सवारी जो मिल रही थी।

कीचड़, सूअर और मुर्गियों को जैसे-तैसे पार करके जब जुम्मन के झोंपड़े तक पहुँचीं अम्माँ बी, तो बाहर बच्चों की भीड़ जमा थी। ''हाय, क्या हुआ होगा?'' पहला ख़याल ये आया बी को।

बच्चों को हटाते हुए अन्दर झाँका टूटे दरवाज़े से, तो नज़ारा कुछ यूँ था। कोई चार लोग दरवाज़े की तरफ़ पीठ करके बैठे थे खाटों पर, एक औरत थी और तीन मर्द, और उनके सामने टीन के कनस्तर पर कोई बैठा था जो ज़रा जाना-पहचाना लग रहा था। चश्मा लगाने पर मालूम पड़ा कि जुम्मन पतलून-क़मीज़ में बैठा था, या खड़ा था इसका तो ठीक से अन्दाज़ा नहीं हो पाया, बहरहाल जावेद के कपड़ों में वो खेतों में लगे बुत जैसा लगा, जिस पर पंछी शौक़ से बीट कर दिया करते हैं।

अम्माँ बी ने घर के आँगन में क़दम रखा तो सब हड़बड़ा गये।

"आप!" जुम्मन ने कहा।

सामने वाले भी उठ खड़े हुए, अम्माँ बी का रुवाब ही कुछ ऐसा था।

समझ गयीं कि लड़की वाले हैं ये लोग। जुम्मन ने टीन का कनस्तर आगे कर दिया बैठने के लिए। बी खड़ी रहीं। जुम्मन को एक तरफ़ ले गयीं और कहा के, "ये तो मैं समझ गयी कि तुम आज काम पर क्यूँ नहीं आये, लेकिन अगर अभी इनसे निपटकर मेरे साथ नहीं चले, तो देखती हूँ ये रिश्ता कैसे होता है।"

कमबख़्त टाई भी पहन रखी थी जुम्मन ने। बी को हँसी आ गयी।

"चलूँगा बी।" कबूतर हो गया जुम्मन। "पर ये पाँच सौ रुपये कहते हैं मेहर के। क्या करूँ?" कुछ लाड़-सा आ गया इस यतीम पे बी को।

उन लोगों की तरफ़ पलटकर कहने लगीं, "पाँच सौ रुपये हम देंगे। आप शादी तै करें। ऐसा लड़का हाथ से न जाने दें।"

सबने सलाम किया। अगले सनिचर की सगाई तै हुई।

जुम्मन ने नेकर और लाल बनियान पहनी, साइकिल उठायी और अम्माँ बी की रिक्शा के पीछे-पीछे चल दिया। हालात तो वही थे, बस बी के हाथ में चेन न थी और जुम्मन के गले में पट्टा न था।

घर में घुसते ही अम्माँ बी फिर भीगी बिल्ली बन गयीं और जुम्मन बादशाह हो गये, लेकिन बादशाहत दिखा नहीं पा रहे थे, कुँवारा न मर जाऊँ इस डर से।

अम्माँ बी ने दिल खोलकर बातें की जुम्मन से। दस बजने में अभी काफ़ी वक़्त था और आज वो जुम्मन जो हवा के झोंके की तरह निकल जाता था बिना बात किये आज उनके क़ब्ज़े में था।

कुछ ख़ौफ़ मिटाने के लिए, कुछ दिल बहलाने के लिए बी बोलती रहीं। जुम्मन की शादी की बात करती रहीं। अपनी शादी की बातें की, दो बार चाय पी, जुम्मन को फ्रिज से निकालकर ख़ुद मिठाई खिलायी, यहाँ तक के अपने सामने बीड़ी पीने तक की इजाज़त दे दी।

जुम्मन की समझ में ये नहीं आ रहा था के बात क्या है?

नौ का घण्टा बजा तो बी ख़ामोश हो गयीं। खाने समेत जुम्मन को अपने कमरे में ले गयीं। "तू भी खाना खा ले और मुझे भी दे दे।"

खाना ख़त्म हुआ।

बर्तन कोने में रख दिये।

दरवाज़े की सिटकनी चढ़ा दी गयी।

जुम्मन के हाथ में डण्डा थमा दिया गया।

और दस बजने का इन्तज़ार होने लगा।

जैसे-जैसे वक्त गुज़रता जा रहा था, वैसे-वैसे कमरे में ख़ामोशी बढ़ती जा रही थी।

अम्माँ बी को ख़याल आया, कमरे में तो रौशनी है और बाहर अँधेरा। बाहर वाला हमें देख सकता है, हम उसे नहीं देख सकते।

"रौशनी बुझा दे रे जुम्मन।"

सारा घर और ख़ौफ़नाक लगने लगा।

दस बजने में पाँच मिनट थे। किसी के क़दमों की आवाज़ सुनाई दी। बी उठकर दरवाज़े तक आयीं, बाहर झाँका, कोई आँगन से सीढ़ियों की तरफ़ जा रहा था। छत पर पायल की आवाज़ सुनाई देने लगी।

पर्दे के पीछे से दोनों बाहर देख रहे थे।

अम्माँ बी ने कहा, ''छत पर है कोई।'' जुम्मन ने हाँ में सिर हिलाया। उसका मुँह पिछले दस मिनट से ऐसे खुला था मारे हैरानी के, जैसे आने वाले को पहला क़दम यहीं रखना चाहिए।

कुछ आवाज़ें अभी भी आ रही थीं। अचानक घड़ियाल ने दस बजने का ऐलान किया। इस ख़ौफ़ज़दा ख़ामोशी में उस आवाज़ का असर टैंक के गोले से कम ना था। बी चीख़ के पीछे गिरीं। नीचे जुम्मन गिरा बर्तनों पर, तो और शोर मच गया। यूँ लगा, हमारे अलावा भी है कोई इस कमरे में। कुछ देर बाद जब लाइट जलाई गयी, तो सारे बर्तन फैले हुए थे और जुम्मन की आँख बन्द थी, और वो मुँह पर लगे सालन को चाट रहा था।

# चार

रात में कितने बजे सो गये अम्माँ बी और जुम्मन, उन्हें याद नहीं। देर हो ही गयी होगी क्यूँ के सुबह आँख दस बजे खुली।

बी जुम्मन को लेकर सबसे पहले छत पर गयीं, शायद कोई हो या सुराग़ मिल जाये कल रात के हादसे का।

छत पर, कल के सुखाये कपड़े ओस में नहा चुके थे, आसमान साफ़ था और सूरज ठण्ड से ज़रा सिकुड़ा-सा लग रहा था। उसकी रौशनी में अभी वो जज़्बा न था जो शबनम को अपने आग़ोश में समेट ले।

छत वीरान थी। आसपास के घरों से पतंगें उड़ रही थीं, आज इतवार था और आसमान के सीने पे कई रंगीन पैबन्दों की तरह पतंगें सवार थीं। कोई निशान कल रात के हादसे का बी और जुम्मन को नहीं मिला।

ये फ़ैसला ज़रूर कर लिया अम्माँ बी ने के इतनी ठण्ड में रात को अलावा चोरों के कौन आ सकता है।

फ़ोन की घण्टी बजी।

जावेद का फ़ोन था।

इस साल नहीं आ पायेंगे वो। सलमा हामला है और बच्चा वहीं पैदा करना चाहती है। और छह महीने तक आयेंगे, और बस फिर रह जायेंगे यहीं हिन्दोस्तान में।

अम्माँ बी रोने लगीं। "पता नहीं ज़िन्दा भी रह पाऊँगी या नहीं। और जावेद के दूसरे बच्चे की पैदाइश के छह महीने बाद उसे देखूँगी, अगर जिन्दा रह गयी तो। हुश्शू तो सबसे पहले मेरी गोद में डाला गया था।" बरबस वो लोरी गाने लगीं जो हुश्शू को सुनाया करती थीं, वही जो जावेद को सुनाया करती थीं। कुछ पुराने कपड़े निकाले, "चलो पार्सल कर दूँगी।"

जुम्मन बाज़ार से सामान ले आया था। आज तो भाईजान आयेंगे खाने पे। ख़ुद बावर्चीख़ाने में जाकर खाना बनाने लगीं अम्माँ बी।

नया मेज़पोश बिछाया गया खाने की मेज़ पर। अच्छी नयी साड़ी पहनी और रॉकिंग चेयर पर बैठकर फिर वही लोरी दोहराने लगीं। उनके ख़याल पालने की तरह आज और बीते ज़माने के बीच झूलने लगे।

सक्सेना साहब 70 साल के जवान थे, पतला बदन, मूँछ और जो कुछ रह गये थे सर पे बाल शान्ति के झण्डे

की तरह सफ़ेद भी थे और लहराते भी रहते थे। बड़े मियाँ के कॉलेज के दोस्त और अम्माँ बी के मुँहबोले भाई थे। 12 साल पहले सरकार ने उन्हें रिटायर कर दिया था गवर्नमेण्ट कॉलेज से, लेकिन दो और एक्सटैन्शन के बाद सक्सेना साहब ने रिटायर कर दिया सरकार को। गोकि हाई ब्लड प्रेशर के मरीज़ थे लेकिन 12 घण्टे रोज़ काम करते थे। बीवी फ़ौत हो चुकी थीं और इकलौती बेटी की शादी बम्बई में हुई थी। वो हर साल एक बार आ जाती थी। सक्सेना साहब वक़्त और ज़िन्दगी का इस्तेमाल होम्योपैथिक क्लीनिक चलाकर करते थे।

उनके आने से हर बार की तरह आज का इतवार भी ज़िन्दा हो गया था, और अम्माँ बी की तन्हाई जाने कहाँ जा बसी थी।

खाने की मेज़ पर अम्माँ बी ने सब बताया भाईजान को, जावेद की शिकायत की, जुम्मन को कोसा और अपनी तक़दीर का रोना रोया।

"किसी काम में अपना मन लगाओ बी, ज़िन्दगी और वक़्त अनजाने में कट जायेंगे।"

"अब इस बुढ़ापे में क्या काम करूँगी? फिर मैं ठहरी लाल हवेली की बेगम, बेटा मेरा अमरीका से पैसे भेजता है, मुझे किस चीज़ की कमी है?"

"पैसे से लोग तो नहीं ख़रीदे जा सकते बी।" सक्सेना साहब दरअसल पुरानी क़दरों के क़ायल थे और

आज के ज़माने में जीते हुए भी साँस सौ साल पहले के ज़माने में ले रहे थे।

"तुम कोई किरायेदार रख लो।"

"अल्लाह क़सम, मैं तो कभी न रखूँ। लोग ये ना समझेंगे के बी लुट चुकी है, लाल हवेली क़ब्रिस्तान बन गयी है और बेटा तो माँ को पानी तक नहीं पूछता? और फिर क्या भरोसा जो रहने आये मुझे ही मारकर हवेली पर क़ब्ज़ा कर ले? ज़माना क्या है आजकल भाईजान, आप क्या जानें। आपने पिछले दस साल में वो मुई अपनी सफ़ेद गोलियों और नामुराद छोटी-छोटी बोतलों के परे तो झाँककर भी नहीं देखा। अल्लाह का शुकर है जो इतवार बना दिया, वरना आप तो अपनी बहन के जनाज़े पर भी न आयें।" शिकायत के साथ अपना हक़ भी जता दिया बी ने।

सक्सेना साहब हँसे, कहने लगे, "भई मैं तो आपके फ़ायदे की कहता हूँ और आप उलटा मुझे चोर समझती हैं।"

"और वो हरामुदहर जुम्मन, आप ही ने सर चढ़ा रखा है। मुआ इतवार को वो ऐसा पालतू हो जाता है जैसे आप कोई हड्डी साथ लाये हों।"

अम्माँ बी पर अभी तक ये राज़ ज़ाहिर न हुआ था के हर इतवार को डॉक्टर सक्सेना 10 रुपये की काग़ज़ की एक हड्डी जुम्मन को दिया करते थे जिसे वो आने वाले सनिचर तक चबाता रहता था।

अजीब बात यह थी के इतवार को तीन बजे कोई नहीं आता था। इससे अम्माँ बी के दिल में भाईजान के लिए इज़्ज़त कुछ बढ़ गयी थी और वो 70 साल की बिना पत्तों की टहनी उन्हें किसी टारज़न से कम ना लगती थी।

खाना भी खाया गया, पत्ते भी खेले गये, पान भी खाया गया, शाम की चाय धूप में पी गयी और रात हो आयी। डॉक्टर सक्सेना रवाना हो गये और जुम्मन भी चला गया। बी फिर इस वीरान हवेली में तन्हा हो गयीं और ख़ौफ़ ने उन्हें उनके पलंग से बाँध दिया।

फिर वही आवाज़, फिर वही पायल, फिर अम्माँ बी ने हर दिन की तरह क़ब्र तक का एक और सफ़र तै किया। रात भर तावीज़ पकड़े बैठी रहीं और आयतें पढ़ती रहीं। घड़ियाल मुस्तैद सिपाही-सा क़दमताल करता रहा, और हवेली अपने हाल से परेशान पर मजबूर अपनी जगह खड़ी रही। रात और वीराने मुस्कराते रहे। यूँ एक और दिन बीता।

# पाँच

जब सुबह हुई तो बड़ी मुश्किल से लाल हवेली के आँगन तक पहुँच पायीं। अन्दर जैसे अब भी अँधेरा था। सारी खिड़कियाँ और दरवाज़े बन्द थे। पर्दे खिंचे हुए थे। अम्माँ बी की आँखें खुली थीं और उन पर मुर्दानी छायी थी। अगर घड़ियाल की आवाज़ से उनकी आँखें ना झपकी होतीं और बड़े दरवाज़े की भड़भड़ाहट पर वो हिली न होतीं तो शायद ज़िन्दगी को ग़लतफ़हमी हो जाती।

जुम्मन था, अन्दर घुसा तो वैसे ही, पर बी को देखकर रुक गया। ऐसा हिस्ट्री में आज तक कभी ना हुआ था।

"क्या हुआ बी?" ये उसने गर्दन को झटका देकर कहा।

बी कुछ ना बोलीं।

जुम्मन तेज़ी से पलटा, बरामदे में कुर्सी और मेज़ टिकायी, और गोली की तरह बावर्चीख़ाने से चाय की प्याली बनाकर लाया और बी के हाथ में थमा दी। नीचे बैठ गया और आँगन को देखने लगा। कभी-कभी इन्सान होने के आसार उसमें दिखाई दे जाते थे।

काफ़ी देर ख़ामोशी रही।

बी चाय पीती रहीं और जुम्मन आँगन देखता रहा।

"ले।"

चाय की प्याली लेते हुए जुम्मन की नज़र बी के हाथ पर गयी। ख़ून बह के जम गया था। तावीज़ इतना कस के पकड़ा था बी ने के ज़ख़्म कब हुआ और निशान कब बन गया उन्हें ख़याल ही ना था।

हल्दी लगायी गयी।

अम्माँ बी ने प्यार से जुम्मन को देखा। आँख भर आयी। माँ वाली आवाज़ में बोलीं, "यहीं रह जा मेरे पास तो जी लूँगी कुछ देर और।"

जुम्मन ऐसे सीधा हुआ जैसे वो पतली-सी शाख़ जिसे कुछ देर झूलने के बाद बच्चे लापरवाही से छोड़कर चले जाते हैं।

बावर्चीख़ाने के दरवाज़े पर पहुँचकर पलटा और दूर से ही ऊँची आवाज़ में कराहा, "नहीं रहूँगा यहाँ।"

अम्माँ बी रातभर की उनींदी वहीं सो गयीं। काम ख़त्म करके जुम्मन जाने लगा, दो-तीन बार दरवाज़े तक

जा के लौट आया। कोई देखता तो समझता किसी ने दरवाज़े को हाथ लगाकर लौटते रहने की सज़ा दी है उसे।

तीसरी बार जब लौटा तो रफ़्तार इतनी तेज़ थी के सीढ़ियों पे गिरा, बी के क़दमों के पास।

अम्माँ बी ने आँख खोलते हुए, आदतन कह दिया, "नामुराद टूटता भी तो नहीं, जाने किस चीज़ का बना है।"

जुम्मन उठा और दरवाज़े से बाहर ग़ायब हो गया। उसके जाते हुए साइकिल की घण्टी को बी ने दो-एक बार सुना और फिर आँख बन्द कर ली।

जुम्मन ज़ोर-ज़ोर से घण्टी बजा रहा था, पर कोई था रास्ते में जिस पर कोई असर ना हो रहा था।

जुम्मन ने जबड़े कसे, आँखें बन्द कीं और पूरा ज़ोर लगाकर फिर से घण्टी बजायी। रास्ते में पड़े सूअर ने गर्दन बायीं तरफ़ कीचड़ से उठाकर दायीं तरफ़ डाल दी।

"आज टैम नहीं है, कल देखूँगा तुझे," ये कह के जुम्मन ने साइकिल कन्धे पर रखी और एक हाथ गहरे कीचड़ में से निकलकर अपनी हवेली पहुँचा।

साइकिल खड़ी की, ताला लगाया, हाथ-मुँह धोया। घड़े में से रोटी निकाली, खायी, दूसरे घड़े में से कॉपी निकाली, मुर्ग़ियों को दाना डाला, दीवार फाँदी और ग़ायब।

पाँच से दस साल की उमर के बच्चे पहाड़ा याद कर रहे थे और मास्टर सो रहा था।

किसी आवाज़ ने उस पर वार किया, "आ गया जुम्मन, लेट कैसे हो गया यार। अब तो इस्कूल ओवर होने का टैम है।"

मास्टर नथ्थू बचपन का दोस्त था। याराना और गहरा हो गया जब जुम्मन ने पढ़ना चाहा और पाँच रुपये हफ़्ते पर नथ्थू ने उसे अपना चेला बना लिया।

मास्टर नथ्थू 'ओल्ड पीपल्स होम' में चौकीदार था। रात की ड्यूटी थी। दिन में स्कूल चलाते हुए सोता था। मुहल्ले वालों ने जगह दे रखी थी उसे मुफ़्त में। सबाब का काम जो कर रहा था। पान-सिगरेट का ख़र्चा जुम्मन चला देता था।

यही वजह थी के जुम्मन अम्माँ बी के पास सारे वक़्त के लिए नहीं रह सकता था। ख़ासतौर पर दोपहर में।

मास्टर नथ्थू ने मंजीरा बजाया। छुट्टी का सुरीला ऐलान सुनकर बच्चे भाग गये। मास्टर नथ्थू ने मंजीरा रखते हुए घड़ी देखी। चार बजे थे। क़मीज़ पहनते हुए दोस्त पर एहसान जताया। "टैम तो नहीं है पर चल तेरी एक्स्ट्रा क्लास ले लेता हूँ। सुना दो का पहाड़ा।"

जुम्मन ने दोनों पैर मिलाये, दोनों बाजू जिस्म के साथ-साथ सीधे किये, चेहरा आसमान की तरफ़ किया और दो का पूरा पहाड़ा ज़बानी, बिना देखे सुना दिया।

मास्टर नथ्थू ने कहा, "तू फस्ट है। ला सिगरेट पिला।"

जुम्मन ने जेब से सिगरेट निकाली और गुरु के हाथ में थमा दी।

"शाम को आज चाय पिलाता हूँ। घर पे ही है ना?" मास्टर चला गया। जुम्मन ने दीवार फाँदी और खाट पे जा पड़ा। खाट ने हलका-सा एतराज़ ज़ाहिर किया फिर ख़ामोश हो गयी। धूप जुम्मन के मुँह से निकल रही क्लासिक़ी मौसिक़ी को ज़्यादा देर बर्दाश्त न कर पायी और दबे पाँव दीवार के पीछे सरक गयी।

क़ब्रिस्तान का नज़ारा था। जुम्मन क़ब्र खोद रहा था। पास में अम्माँ बी की लाश पड़ी थी। खुदी क़ब्र से जब जुम्मन ने अपना सर निकाला तो अम्माँ बी की लाश मुस्करायी, धीरे से आँखें खोलीं और एक ही सुर में बोलीं, "मेरी क़ब्र खोद रहा है। मैं तो माटीमिले जा रही हूँ। चल तूने इतनी ख़िदमत की है तो मेमन और अल्लाहरक्खे से तेरी शिकायत तो ना करूँगी, पर जो उन्हें ये बताऊँगी के मेरे फ़ौत हो जाने से बिचारे जुम्मन का निकाह ना हो पाया और तुम्हारी नसल आगे ना बढ़ पायेगी, तो कमबख़्त तेरे ही बाप-दादा भूत बन के तेरे ही घर में उस मुए टीन के कनस्तर पे बैठ के तुझे जूते ना लगायें तो मेरा नाम लाल हवेली की अम्माँ बी नहीं।"

जुम्मन के हाथ से कुदाल छूटा, धम्म की आवाज़ हुई और जुम्मन अपनी खाट पर सीधा खड़ा हो गया।

डरते-डरते कनस्तर की तरफ़ देखा, हिल रहा था। उसने अपने ही डेढ़ हाथ के आँगन में भागते हुए तब तक चक्कर लगाये जब तक के उस मासूम पिल्ले ने अपनी गर्दन बाहर ना निकाली।

पिल्ला उसे देखता रहा, वो पिल्ले को। आवाज़ सुनी, "जुम्मन!"

जुम्मन पिल्ले की तरफ़ देखकर गिड़गिड़ाने लगा। हाथ कानों पे रखे, आँखें बन्द कीं और उठक-बैठक करने लगा।

"अब्बू माफ़ी, दद्दू माफ़ी।"

"अब्बू माफ़ी, दद्दू माफ़ी।"

जब काफ़ी देर ये नज़ारा मास्टर नथ्थू ने देख लिया तो ज़ोर से जुम्मन को झापड़ रसीद कर दिया।

जुम्मन चिल्लाया और घर से बाहर भाग लिया।

मास्टर नथ्थू ने बड़ी मुश्किल से उसे पकड़ा।

जुम्मन ने सारी बात समझायी।

नथ्थू ने उसे पुचकारा, "डर मत! मुझे ले चल अम्माँ बी के पास, मैं उनकी परेशानी का इलाज कर दूँगा।"

# छह

नथ्थू और जुम्मन जब लाल हवेली पहुँचे तो शाम ढल चुकी थी। बड़ा दरवाज़ा वैसे ही खुला था जैसा जुम्मन छोड़कर गया था।

जुम्मन ने नथ्थू को देखा, वो पान खा रहा था। जुम्मन का चेहरा सफ़ेद पड़ गया था। नथ्थू ने पान थूका, उसे लगा बी के सामने पान नहीं खाना चाहिए। उसे क्या पता था के बड़े दरवाज़े के खुले पड़े हुए होने का जुम्मन क्या मतलब समझ रहा था।

धीरे-धीरे जुम्मन ने दरवाज़े को धकेला और अन्दर झाँका।

आँगन वैसा ही था जैसा हर शाम होता है, और अम्माँ बी वैसे ही कुर्सी पर बैठी थीं जैसा उन्हें जुम्मन

छोड़कर गया था। हाथ में वही छुरी वाला डण्डा था। जुम्मन सहमा-सा नथ्थू के पीछे जा छुपा। अब नथ्थू को अन्दाज़ा हुआ के जुम्मन क्या सोच रहा है। नथ्थू की सारी मास्टरी पिघलकर उसके मुँह में आ गयी, जिसे उसने बड़ी मेहनत से निगल लिया और आहिस्ता से जुम्मन के पीछे पहुँच गया। और उसे हलके-से आगे की तरफ़ धकेलने लगा।

जुम्मन का मुँह खुला, दो-तीन बार होंठ हिले, मगर आवाज़ ना निकली।

अम्माँ बी के हाथ की छड़ी फ़र्श पे आ गिरी। आँख खुली, देखा जुम्मन और मुआ ये और कौन आ गया इसी की ज़ात का। घर को दौड़ने का मैदान क्यूँ समझ रहे हैं ये? "जुम्मन!"

जुम्मन और नथ्थू दरवाज़े के बाहर से फिर अन्दर आये।

अब सब ठीक था।

नथ्थू ने बी को बताया के 'ओल्ड पीपल्स होम' में लोग साथ मिल के रहते हैं। आप एक बार चल के तो देखें। ज़िन्दगी में रौनक़ आ जायेगी।

अम्माँ बी ने सुन तो रखा था इस जगह के बारे में जहाँ सब हमउमर लोग रहते हैं, और क्या ख़िदमत होती है उनकी के अपने बच्चे क्या करेंगे।

बी ने सोचा, "मुझे कौन-सा हमेशा के लिए रहना है। छह महीने की तो बात है, फिर तो जद्दू और सलमा भी आ जायेंगे।"

सुबह चलने के लिए राज़ी हो गयीं।

रात जुम्मन वहीं रहा।

अगले दिन नथ्थू ने सुपरिंटेंडेंट को बताया के मोटी आसामी ला रहा हूँ। बाक़ी आप पे है। मेरी तनख़्वाह में इज़ाफ़ा हो जाना चाहिए गर बी मान गयीं तो।

रिक्शे के आगे जुम्मन की साइकिल थी। इस बार बी ने ज़रा रस्सी ढीली छोड़ रखी थी।

पीले रंग में पुती एक पुराने ढंग की बनी इमारत के सामने जुम्मन ने साइकिल पार्क की। नथ्थू बाहर ही खड़ा था। बी ने इमारत देखी तो अच्छी लगी। ज़रा-सा दिमाग़ पर ज़ोर डाला तो याद आया, "अएहए ये तो छद्दन के अब्बा की हवेली है ना? सफ़ेद रंग की होती थी। जद्दू के अब्बा और मैं आये थे यहाँ शादी के बाद, चौधरी साहब ने खाने पे बुलाया था।" ये कहते हुए अम्माँ बी दरवाज़े में ऐसे घुसीं जैसे अपना ही घर हो।

सुपरिंटेंडेंट श्रीवास्तव जी ने अपनी नाक की ढलान पर से चश्मा चोटी पर चढ़ाया और गर्मजोशी से अम्माँ बी का ख़ैर-मक़दम किया।

"आइए।"

अम्माँ बी ने सोचा, छछूँदर को चशमा लगा दोगे तो क्या मैं पहचान न पाऊँगी? बी दरअसल आसानी से किसी को इन्सान मानती ही नहीं थीं। या तो नवाबी रौब हो या अन्दरूनी नूर – इन दोनों क़िस्मों को दूर से भाँप लेती थीं।

श्रीवास्तव जी दफ़्तर के अन्दर ले गये बी को।

चाय पिलायी।

पान खिलाया तो अम्माँ बी को लगा ठीक-ठाक है।

"हमारे यहाँ दरअसल बुज़ुर्गों को उस मुहब्बत और जज़्बे से रखा जाता है जिसकी मिसाल आज के बदलते, रूखे ज़माने में आपको घरों तक में नहीं मिल सकती।"

इस जुमले ने बी का दिल छू लिया।

"आइए, आपको अपना घर दिखा देता हूँ और अपने ख़ानदान के कुछ लोगों से मिलवा भी देता हूँ।

बड़े-बड़े साफ़ कमरे, चमचमाते हुए गलियारे, लम्बा खाने का मेज़, टहलने के लिए बाग़, डोरमैट्रीज़ और सिंगल रूम्स।

"आदाब बड़ी बी।"

छत पर से आवाज़ आयी थी।

"अरे नन्हें मियाँ, आप यहाँ?"

"नीचे नहीं आऊँगा, पेच लड़ने को है। ज़नाने में जाइएगा तो बेगम से भी मुलाक़ात हो जायेगी।"

नन्हें मियाँ और अम्माँ बी के मियाँ एक साथ पतंगबाज़ी के मैदान में उतरा करते थे।

"अल्लाह ख़ैर करे, इनके तो चार-चार बेटे थे एक से एक, और दौलत की तो कमी ना थी। ये यहाँ कैसे!"

श्रीवास्तव जी अम्माँ बी को सीधे नन्हीं बेगम के पास ले गये।

नन्हीं बेगम बड़े ख़ुलूस से मिलीं।

पता चला बेटों ने निकाल बाहर किया। जायदाद का बँटवारा हो गया। सो भी ठीक था, पर जब बड़ी दुलहिन ने ज़हर देने की कोशिश की तो घर छोड़ना पड़ा।

यहाँ सब अपने जैसे हैं, सो वक़्त अच्छा कट जाता है। नन्हें मियाँ पतंगबाज़ी करते रहते हैं और मैं पान चबाती रहती हूँ। घर पे और क्या कर लिया करते थे हम?

किसी और से मिलने की ज़रूरत ना समझी बी ने। तय कर लिया के यहीं रहूँगी। कई अपने जैसे चेहरों को देखकर घर-सी लगने लगी थी ये जगह।

"हफ़्ते भर में घर के काम निबटाकर, चन्दे के पाँच हज़ार जुटाकर आती हूँ रहने, श्रीवास्तव जी।"

श्रीवास्तव जी का काम पूरा हो गया था और खाने का वक़्त भी हो रहा था, सो बाहर तक छोड़ने नहीं आये। बी ने ख़ुद ही कह दिया, "आप तकलीफ़ न करें।"

दरवाज़े के पास पहुँचीं तो किसी आवाज़ ने रोक लिया।

"बी, इधर।"

ग़ौर से देखा तो पेड़ के पीछे नन्हें मियाँ हाथ हिला रहे थे।

बी उस तरफ़ चल दीं।

नन्हें मियाँ ने हाथ जोड़े और कहा, "वहीं रहो जहाँ हो। ज़िन्दा तो हो। यहाँ जो तुमने देखा है वैसा है नहीं। अपने घर में भूखों भी मर जाओगी तो सुख मिलेगा। यहाँ एक बार आ गयीं तो समझ लो ना मर सकोगी ना जी सकोगी। हम तो मजबूर थे। तुम्हारी तो अब भी हवेली है अपनी। बड़े मियाँ का वास्ता जो इस तरफ़ क़दम उठाया तो।" बात पूरी न कर पाये नन्हें मियाँ। किसी ने उनको पकड़ा और घसीटता हुआ इमारत के पीछे ले गया।

बी ने दरवाज़े से बाहर निकलते हुए पलटकर देखा, नन्हीं बेगम सीख़चों वाली खिड़की से उन्हें देख रही थीं।

बी रिक्शा में बैठीं, कई चेहरे उनके साथ हो लिये। हड़बड़ा के जुम्मन से कहा, "भाईजान के यहाँ ले चलो।"

# सात

सफ़ेद पाउडर में मिली छोटी-छोटी गोलियाँ जब बी के मुँह में उतर गयीं, तो पता चला के सक्सेना साहब की बैठक या क्लीनिक ने ये हादसा पहली बार देखा था। इससे ये भी ज़ाहिर हुआ के बी परेशानी की वो हद पार कर चुकी थीं जिसके दूसरी तरफ़ आप परदेसी हो जाते हैं और जहाँ आपका कोई बस नहीं चलता।

सब ख़ामोश था, सिवाय उस अलार्म पीस के जो टिक-टिक कर रहा था। जुम्मन डरा-सा बी की कुर्सी के पीछे खड़ा था। दूसरे दो मरीज़ों को दवाई देकर जब सक्सेना साहब ने रवाना कर दिया, तो जुम्मन से कहा कि बाहर की तख़्ती पलट दे। जुम्मन गया, 'डाक्टर बाहर हैं' की तख़्ती लगायी, और जब अन्दर पहुँचा तो सक्सेना साहब ने वो फिटकार पिलायी उसे के कई सालों की

हड्डियों का मज़ा जो वो लूटता रहा था, क़ुनैन हो गया। "तू लेकर ही क्यों गया था बी को उस जगह?"

सक्सेना साहब जुम्मन को डाँटते रहे और छोटी-सी गोलियों वाली बोतल में दो क़तरे जाने किस चीज़ के डालकर ज़ोर-ज़ोर से हिलाते रहे। अम्माँ बी की आँखें बन्द थीं और चेहरे पे सुकून था, ये असर दवाई का था या जुम्मन को पड़ रही डाँट के सुख का, कह पाना मुश्किल था। ये ख़याल बी के ज़हन पर से गुज़रा ज़रूर, "आज देखती हूँ ये झींगुर का छीछड़ा कौन-सी पलेट तोड़ेगा और किस मुँह से कहेगा भाईजान से, मेरा हिसाब कर दो।"

सक्सेना साहब के हाथ में हिलती वो छोटी-सी बोतल पर नज़र टिकी थी जुम्मन की और वो मारे इस ख़ौफ़ के, के कब इसमें से कोई भी गोली दाग़ दी जायेगी, ये भी न कह पाया के बी ने ख़ुद जाने के लिए कहा था। पर ये तै कर लिया के जो ज़िन्दा रह गया तो नथ्थू तेरी ख़ैर नहीं।

जब चाय आयी और डॉक्टर साहब ने जुम्मन को भी दी तो उसे लगा अल्लाह मियाँ ने कुछ और साल बख़्श दिये हैं ज़िन्दगी के।

अम्माँ बी ने चाय की प्याली ली और भाईजान की तरफ़ डरते-डरते नज़र उठायी। सक्सेना साहब ने फ़ैसला

सुनाया। "आप घर पर एक किरायेदार रखेंगी। आज रात यही रहेंगी।"

डॉक्टर साहब ने इश्तेहार का मसौदा तैयार किया। जुम्मन से कहा, "चल लपक जा और अख़्तर मियाँ लाल बाग़ वालों के यहाँ पहुँचा आ ये पर्चा, अभी टाइम है उनके प्रैस जाने में। ये ले पैसे और लौटते में रसीले के यहाँ से आधा सेर जलेबी ले आना, चल अब हवा हो जा।"

जुम्मन की साइकिल हवा से बातें कर रही थी।

अख़्तर साहब ने पर्चा देखा, मुस्कराये, "ठीक है, सुबह अख़बार में छप जायेगा इश्तेहार।"

पूरी जलेबी चखने की हिम्मत तो ना हुई जुम्मन की, मगर जो ज़रा-सा शीरा लग गया था लिफ़ाफ़ा उठाते हुए उँगली पर उसे कई बार इधर-उधर देखकर चाटा, और फ़ैसला किया के अपनी शादी में यहीं से ले जाऊँगा जलेबी। रास्ते भर जुम्मन अपनी शादी वाली रात का मंज़र देखते रहे। जो वो चला रहे थे वो साइकिल थी और जो वो देख रहे थे वो कुछ यूँ था।

सुनहरे रंग की शेरवानी पहने जब जुम्मन ने अपने कमरे में क़दम रखा, तो खाट पर बिछी लाल खेस के ऊपर बैठी शरबती सिमट गयी। जुम्मन ने दरवाज़ा बन्द किया, सिटकनी न थी सो टीन का कनस्तर टिका दिया। कटी पतंग से लहराते खाट तक पहुँचे, बैठे या खड़े रहे

उन्हें ख़ुद पता नहीं। जलेबी का दोना आगे किया, मेहँदी लगे हाथों ने एक जलेबी उठायी, खायी और जुम्मन की पेशानी को चूम लिया। जुम्मन ने पेशानी पर दाग़ी गयी मुहब्बत को जब छुआ तो हाथ मैले हो गये।

कबूतरख़ाने के पास वाले मोड़ की लाल लाइट पे उनकी साइकिल रुकी थी और पेशानी पर कबूतर अपने निशान छोड़ गये थे। जुम्मन ने उन नवाब साहब की आने वाली पुश्तों तक को जड़ से उखाड़ देने का फ़ैसला कर लिया जिन्होंने ये कबूतरख़ाना बनवाया था।

सक्सेना साहब ने अम्माँ बी को समझा दिया, "किसी ऐसी को रखेंगे जो ज़्यादातर वक़्त घर पे रहे, और मैं ख़ुद रहूँगा आपके साथ चुनने के लिए किरायेदार को।"

---

रात का वक़्त था, हवेली और भी तन्हा थी, अम्माँ बी ने पिछले दस साल में कभी ये सुलूक न किया था लाल हवेली के साथ। बड़ा दरवाज़ा बन्द था, बरामदा सुनसान, पूरे आँगन में कोहरा आज ज़्यादा हक़ से घर कर रहा था, के फिर वही।

कोई कूदा, बड़े दरवाज़े ने देखा, और सीढ़ियों की तरफ़ लपका, छत पर वही पायल की आवाज़। दूर कहीं ताँगे के दूर जाने की आवाज़ सुनायी दी।

छत पर दो साये एक–दूसरे से सिमट कर बैठे थे, लड़की रो रही थी और लड़का आँसू पोंछ रहा था। "अम्मी अलीगढ़ भेज रही हैं मुझे चचाजान के पास, महीनेभर को।"

"सकीना, मैं तो मर जाऊँगा।"

"ऐसी बातें ना करो सिरजू, मैं चली, ज़िन्दा रही तो फिर मिलूँगी, यहीं। ख़ुदा हाफ़िज़।"

फिर से पायल की आवाज़ हुई। छत की छोटी मुँडेर फाँदकर सकीना छोटे शहर के अँधेरे में गुम हो गयी। सिरजू जानता था आज हवेली में कोई नहीं है। कुछ देर छत पर बैठा रहा, फिर ठण्डी साँस ली, सकीना के घर की तरफ़ देखा और भाप के साथ–साथ मुँह से निकला, "हम इन्तज़ार करेंगे तेरा क़यामत तक ... ख़ुदा करे के क़यामत हो और तू आये।" भारी क़दमों से सिरजू ने अपने घर का रास्ता किया।

जो बी को मालूम होता के भटकती रूहें बेचारे सिरजू और सकीना हैं, तो हरगिज़ किरायेदार रखने पर राज़ी न होतीं।

# आठ

जाड़े की सुबह में जब ताँगा आकर लाल हवेली के सामने रुका तो बड़े दरवाज़े ने अपनी अम्माँ बी को ताँगे से उतरते देखा। जिस अपनापे से बी ने उसे छुआ, इस मरे बुढ़ापे में भी हड्डियों में जान आ गयी, और ख़ुशी की चीख़-सी निकली जब बी ने दोनों हाथों से उसे आँगन में धकेल दिया।

उजली और हलकी पीली पोशाक में घर का आँगन पहले से ज़्यादा फराख़दिल लगा और ख़ाली बरामदे में रखी बी की कुर्सी और पानदान ने ख़ामोश रहकर सबूत दिया के हम हमेशा की तरह से आप ही के हैं, तो बी को एहसास हुआ कि कहाँ जा के रहने की सोच रही थी मैं, ये सब एक ही रात में कितने तन्हा हो गये मेरे बिना।

"जुम्मन, ज़रा चाय बना तो," बी ने कुर्सी को एहसास दिलाते हुए बोला के ये मैं ही हूँ। पानदान खोला, अन्दर पान के पत्ते अभी तक ताज़े देखकर बी पानदान की नमकहलाली पर क़ुर्बान हो गयीं और जाने क्यों लाड़ से कह दिया उसे, "तेरे लिए नया ग़िलाफ़ सिऊँगी।" ये सोचकर के उनकी बात पर उनका मुस्तैद, नमकहलाल, दुलारा पानदान ख़ुश हो गया होगा, बी ने पान की गिलौरी अपने मुँह में रखते हुए आहिस्ता से उसे दूर सरका दिया।

अपना कमरा खोला। हर चीज़ को ऐसे देखा जैसे बरसों बाद लौटी हों।

किराये पे देने वाला कमरा खोला गया जो सामान से खचाखच भरा था।

बी और जुम्मन दोनों चकरा गये, दोपहर तीन बजे तक इसकी सफ़ाई कैसे होगी, हो ही नहीं सकती। इश्तेहार के मुताबिक़ सक्सेना साहब ने किरायेदारों को तीन बजे का वक़्त दिया था, ये सोचकर के देखता हूँ आज कौन आता है मेरी चहेती बहन को सताने इतने लोगों के बीच, और बी वैसे भी मजमे को देखकर वक़्त को, और उसको, वही जो रोज़ आता है, भूल जायेंगी।

ये तै हुआ के जुम्मन शाम को दो-एक लोगों को ले आयेगा, और किरायेदार कौन-सा आज ही आ जायेगा रहने को।

घड़ियाल ने आदतन तीन का घण्टा बजाया और वक़्त मय अम्माँ बी के बरामदे में आ बैठा।

तीन कुर्सियाँ बरामदे में बिछी थीं। एक पर अम्माँ बी, एक पर सक्सेना साहब और तीसरी उसके लिए थी जो कमरा लेना चाहे।

नीचे आँगन में एक तख़्त और एक बेंच थी जिस पर कोई छह अलग-अलग उमर की ख़्वातीन बैठी थीं अपनी तक़दीर का फ़ैसला सुनने के लिए।

जुम्मन ने सबको चाय की प्यालियाँ थमा दीं और इंटरव्यू शुरू हुआ।

इन सारी ख़्वातीन को रिजेक्ट करने में अम्माँ बी को कोई एक घण्टा लग गया। मुँह का ज़ायका इतना ख़राब हो गया, इन सबसे मिलकर, के कई गिलौरियाँ पान की चबा डालीं। सक्सेना साहब ख़ुद भी परेशान थे के इतनी मेहनत बेकार गयी।

जुम्मन नाराज़गी में अम्माँ की तरफ़ पीठ करके बैठ गया और आती-जाती मक्खियों पर ऐसे वार करने लगा जैसे सब उन्हीं की वजह से हो गया हो।

आँगन में सिर्फ़ बेंच और तख़्त था, बरामदे में बी, सक्सेना साहब और सीढ़ियों पर जुम्मन। सक्सेना साहब ने जब जुम्मन से हुक़्क़ा तैयार करने को कहा तो बी समझ गयीं कि भाईजान बहुत नाराज़ हैं।

"अब ऐसे ही किसी को तो नहीं रख सकती ना भाईजान, आप नाराज़ ना हों।" जवाब में सक्सेना साहब हुक़्क़ा गुड़गुड़ाते रहे।

जुम्मन ने बेंच उठाकर बरामदे में रखी, तख़्त उठाकर कोने में खड़ा करने जा रहा था के बड़े दरवाज़े पर दस्तक हुई।

दरवाज़ा खुला ही था, एक 25–26 साल की जवान लड़की हाथ में एक अख़बार लिए दाख़िल हुई और दूर से ही पूछा, "लाल हवेली यही है क्या, ये इश्तेहार कमरे के लिए आप लोगों ने दिया है?"

सक्सेना साहब ने हुक़्क़ा सरका दिया और गर्मजोशी से बोले, "जी, जी हाँ, आइए तशरीफ़ रखिए।"

लड़की बड़ी बेतकल्लुफ़ी से आँगन पार करती हुई बरामदे तक पहुँची और कुर्सी पर बैठ गयी।

अम्माँ बी को आदाब किया और कहा, "अगर तकलीफ़ ना हो तो एक गिलास पानी मिलेगा।"

जुम्मन तख़्त से जुड़-सा गया था, उसने आज तक ऐसी हसीन लाधड़क लड़की देखी ही न थी।

"जुम्मन ज़रा पानी लाना," अम्माँ बी ने रुवाब दिखाया। इस लड़की में कुछ बात तो थी जो बी को अच्छी लगी थी, पर मैं अम्माँ बी हूँ, लाल हवेली की मालकिन, ये जताना भी ज़रूरी समझा उन्होंने। पास से

गुज़रते हुए जुम्मन से कहा, "चाय भी लेते आना, बीबी ज़रा बदहवास-सी लग रही हैं। इतमिनान से बैठो बीबी, हम भी यहीं हैं और कमरा कौन-सा भाग जायेगा, हवेली का हिस्सा है। इश्तेहार ठीक से पढ़ लिया था ना?"

"वाह, क्या चाय बनी है।" पहला घूँट भरते हुए कहा लड़की ने, "बहुत शुक्रिया भाई, क्या नाम है आपका?"

जुम्मन ने ऐसी तारीफ़ और किन्हीं इन जैसी से तो कभी सुनी ना थी। उनको क्या हो गया यह बयान करना मुश्किल है। बस समझ लीजिए के वो मारे शर्म के गड़ गये, खम्भे से टकरा गये, उनकी बनियान फूलकर 52 इंच की हो गयी, या कुल्हाड़ी इतनी तेज़ पड़ी के एक ही मार में शहीद हो गया एक जवान पेड़। हाँ आँखों का बयान आसानी से किया जा सकता है-वो बन्द थीं।

अम्माँ बी ने हालात सँभाले।

"जुम्मन नाम है इनका, मतलब इसका। और तुम्हारा?"

"सबीहा।"

"अकेली रहोगी?"

"जी नहीं, आप तो होंगी ना घर पर।"

बी को अच्छा लगा।

"देखिए" सबीहा ने कहा, "आपके इश्तेहार में जो शर्तें हैं, ख़ासतौर पर दोपहर और रात में घर पे रहने की, मेरे लिए माक़ूल हैं क्यों के मैं नौ से एक, और फिर

छह से आठ तक बाहर का काम कर लिया करूँगी और बाक़ी का वक़्त तो मुझे वैसे भी कमरे पर रहना होगा, काम ही ऐसा है मेरा।''

अम्माँ बी को ये इन्तज़ाम इतना अच्छा लगा के ये पूछना ही भूल गयीं के काम क्या करती हो।

''खाना यहीं खाओगी?''

''रहूँगी यहाँ तो और कहाँ खाऊँगी? चाय से तो ज़ाहिर है खाना भी बड़ा लज़ीज़ बनता होगा।''

जुम्मन मर चुका था।

बी ने एक नज़र जुम्मन पे डाली और बोलीं, ''सीधा खड़ा रह।''

सक्सेना साहब ने कहा, ''खाने समेत पाँच सौ रुपये हो जायेंगे, बेटा।''

''ठीक है। ये लीजिए पेशगी गोकि मैं ज़रा कमरा देखना चाहूँगी।''

''अभी तैयार तो नहीं है। कल सुबह हो जायेगा।''

''जैसा भी है दिखा दीजिए।''

सबीहा ने कमरा देखा तो कुछ समझ ना पायी। कहने लगी, ''मैं सुबह आ जाऊँगी मदद करने, और अपनी तरह से ठीक भी कर लूँगी अपने रहने के लिये। इस कमरे में जो कबाड़ है इसमें से कुछ नहीं रहेगा यहाँ, मुझे कमरा पूरी तरह ख़ाली चाहिए।''

अम्माँ बी के तेवर बदले, ''ये तुम्हें कबाड़ नज़र आता है? भाईजान, लौटा दीजिए पेशगी और आप तशरीफ़

ले जा सकती हैं।'' इससे पहले के जुम्मन या सक्सेना साहब कुछ कह पाते, बी ने पैसे सबीहा के हाथ में रखे और कहा, ''ख़ुदा हाफ़िज़।''

''तो यहाँ कौन मरा जा रहा है, बड़ी बी?'' पाँच रुपये बी को देते हुए सबीहा ने कहा, ''और ये चाय के पैसे हैं।''

बी के अहम् को चोट पहुँची, ''तुम जानती हो बीबी के तुम लाल हवेली की अम्माँ बी से बात कर रही हो?''

''याद दिला दूँ बड़ी बी, सबीहा नाम है मेरा, और हम जौनपुर वाले किसी के आगे झुकते नहीं, भले वो वाजिद अली शाह ही क्यों न हों।''

''अल्लाह, तुम जौनपुर की रहने वाली हो?'' अम्माँ बी मोम हो गयीं।

''क्यों, वहाँ लोग नहीं रहते?''

''अरे रुक जा बेटा। यहाँ आ, तू तो मेरे मायके से आयी है।'' अम्माँ बी ने सबीहा को गले से लगा लिया और रोने लगीं। सबीहा ने रोने दिया।

अम्माँ बी को रोते देखकर पहले तो सबीहा को अजीब लगा, फिर आँखें भर आयीं। बी को बिठाते हुए कहा, ''अब तो आप ही के पास रहना होगा, घर भी याद नहीं आयेगा फिर।'' अम्माँ बी ने भरी आँखों से सबीहा को देखा और बोलीं, ''तू कहाँ थी अब तक बेटा?''

# नौ

नथ्थू ने आदतन रात की ड्यूटी से लौटते हुए नुक्कड़ के टी-स्टॉल से दो गिलास चाय उठायी और सर्दी को दूर करते हुए जुम्मन के घर के आँगन में पहुँचा।

लिहाफ़ के अन्दर कुछ था जो कभी-कभी हिल रहा था। इतने सालों में आज तक नथ्थू ये अन्दाज़ा ना लगा पाया था के जुम्मन का सर आज की सुबह किस तरफ़ होगा। लिहाफ़ उठाया तो उन पैरों पर नज़र पड़ी जो अगर ज़मीन पर उतर जाते, तो ज़मीन मैली हो जाती।

''उठ खड़ा हो जा यार, चाय याद कर रही है।'' जुम्मन आदतन उठा, चाय का गिलास हाथ में पकड़ा और आँखें बन्द किये, लिहाफ़ लपेटे चाय पीता रहा। ऐसा तो कभी ना हुआ था।

"क्या है बे, आँखें क्यों नहीं खोलता?" मास्टर नथ्थू को 'गुड मॉर्निंग' सुनने की आदत थी। शार्गिद की बेहूदगी पर उस्ताद नाराज़ था।

"मेरी आँखों से दूर हो जा नहीं तो हाथ उठ जायेगा।" किसी से पहली बार जुम्मन ने ये कहा था।

नथ्थू ने नाक दबा दी जुम्मन की और चाय का गिलास ज़मीन पर रखते हुए कान मरोड़ दिया, "अबे, ज़िन्दगी में कभी दो के पहाड़े से आगे नहीं बढ़ पायेगा गोभी के डण्ठल, उस्ताद से ऐसी बात करता है।"

जुम्मन ने चाय का आख़री घूँट नथ्थू के मुँह पर फेंक दिया। नथ्थू की आँखें जब चाय का घूँट लेकर खुलीं तो जुम्मन कोने में खड़ा था और हाथों में वही ऐतिहासिक टीन का कनस्तर उठा रखा था। मास्टर नथ्थू को लगा ब्रह्मास्त्र छूटा तो युग बदल जायेगा। उस्तादी को भूलकर याराना अन्दाज़ में बोला, "कोई नाराज़गी है यार?"

जुम्मन ने टीन का कनस्तर नीचे उतारा और जैसे कुएँ से आवाज़ आयी, "बी को वहाँ ले जाकर मेरी नाक कटा दी। गर बी को कुछ हो जाता और वो अब्बू और दद्दू से जाकर के कह देतीं, तो जूते तो मुझे खाने पड़ते। अच्छा याराना निभाया तूने। जा, आज से मैं तेरा शार्गिद नहीं और तू मेरा उस्ताद नहीं।"

ये कहकर जुम्मन ने टीन का कनस्तर ज़मीन पे दे मारा।

नत्थू आख़िर था तो उस्ताद, कहने लगा, "मारे शर्मिन्दगी के नौकरी से इस्तीफ़ा देकर आया हूँ। पर ख़ैर, दोस्ती में एहसान कैसा। जा रहा हूँ, पता नहीं दो वक़्त की रोटी भी कहीं मिलेगी अब या नहीं।"

जुम्मन ने ख़ुद को दुत्कारा, "लानत है ऐसे दोस्त पर शक़ किया जो तेरे लिए नौकरी क़ुर्बान कर आया।" उसे क्या पता था के श्रीवास्तव जी ने जूते मारकर निकाला था नत्थू को। जमादारनी के साथ चौकीदारी करते पकड़ लिये गये थे उस्ताद।

जुम्मन ने यार नत्थू को गले लगाया, उस्ताद नत्थू के पैर पकड़े और सारी दीवारें जो खड़ी होने जा रही थीं कृष्ण-सुदामा के बीच गिर गयीं।

"चल मेरे साथ बी के घर, माफ़ी माँग लेना। बहुत काम है वहाँ, आज के आज बीस रुपये खरे करवाता हूँ तेरे और लाल हवेली का खाना अलग।"

जुम्मन की साइकिल नत्थू समेत जब लाल हवेली पहुँची तो सबीहा ताँगेवाले को पैसे दे रही थी। जुम्मन साइकिल से उतरकर गोली की तरह आँगन में घुसा, बरामदे में बी इन्तज़ार में खड़ी थीं। हाँफते हुए उसने कहा, "वो आ गयी हैं, बी।"

"तो यहाँ क्या खड़ा है? जा के सामान ले आ।"

"जी, नथ्थू को भी साथ लाया हूँ, काम जल्दी में निपट जायेगा।"

उस दिन किसकी वजह से क्या हुआ था बी को कुछ याद ना था, मायके से सबीहा जो आ गयी थी।

नथ्थू और जुम्मन ने सारा सामान आँगन में रख दिया और सिपाहियों की तरह उसके दोनों तरफ़ खड़े हो गये।

सबीहा को बी ने गले लगाया और जुम्मन को आवाज़ दी, "चाय बना दे जुम्मन, फिर काम शुरू करेंगे।"

जुम्मन जाने लगा तो सबीहा ने कहा, "कल जैसी बनाना।"

जुम्मन चलता चला गया। उसे पता ही ना चला के रास्ते की दो अटैचियाँ कब उसके पैरों से लग के गिरीं, कब नथ्थू ने उन्हें उठाया, कब बी ने कहा, "माटीमिले, देख के तो चल।"

"और तू क्या निचुड़े कपड़े की तरह खड़ा है सूखने के लिए धूप में? चल, ये सामने वाला कमरा खुला है, एक-एक करके सामान आँगन में लगा।"

नथ्थू सामान निकालता रहा।

जुम्मन ने चाय पिलायी।

अम्माँ बी ने सबीहा के ख़ानदान के बारे में पूछा। सबीहा को अपने बारे में बताया।

सबीहा को जब चाय पीकर कमरे की तरफ़ जाते देखा बी ने तो ख़याल आया: अपनी तो वैसे बेटियाँ होती हैं, ज़माना जाने क्यूँ नहीं समझता इस बात को।

कमरा ठीक करते-करते रात हो गयी। जब इस कबाड़ में से कुछ चीज़ें सबीहा ने अपने कमरे में रख लीं तो बी ने मारे ख़ुशी के जुम्मन और नथ्थू को पैसे भी दिये और हफ़्ता-भर पुरानी मिठाई का डिब्बा पूरा ही दे दिया। कुछ कपड़े निकले थे, वो भी बाँट दिये।

आज सालों बाद रात के खाने पर कोई था बी के साथ।

सबीहा ने जब खाने के बाद ज़रा हिचकिचाते हुए चाय की फ़रमाइश की तो बी को अच्छा लगा। बड़े मियाँ की आदत थी, रात के खाने के बाद चाय पीते थे। जद्दू में तो ख़ैर अपने अब्बा वाली कोई भी बात न थी।

नथ्थू और जुम्मन आँगन में खाना खा रहे थे। बी ने आवाज़ दी।

"खाना खा ले तो चाय बना लेना।"

नथ्थू ने जुम्मन को कोहनी मारी, "वैसी ही बनाना।"

जुम्मन का निवाला हलक़ में अटक गया। उठकर देखा, कहीं नथ्थू की बात सुन तो नहीं ली किसी ने।

जब इतमीनान हो गया तो पानी पिया, हाथ धोये और चल पड़े वो चाय बनाने।

नथ्थू ने जाते हुए को टोका, "तक़दीर टॉप है तेरी यार।"

जुम्मन ने जाते हुए नथ्थू को पैरों से हलका-सा धक्का दिया और लहराता हुआ बावर्चीख़ाने में जा घुसा।

---

सबीहा कुछ देर अपने बिस्तर पर लेटी पढ़ती रही, फिर लाइट बुझा दी, कुछ देर नींद ना आयी, नयी जगह का एहसास हावी हो रहा था।

अम्माँ बी सुकून की नींद सो रही थीं। घड़ियाल कई बार उन्हें उठाने की नाकाम कोशिश कर चुका था। लाल हवेली में कोई और भी था बी के अलावा इस ख़ुशी को आज एक अर्से के बाद महसूस कर रही थीं कल तक की ये वीरान हवेली।

# दस

कुछ दिन यूँ ही बीत गये। सबीहा सुबह जाती थी, एक बजे लौटकर बी के साथ खाना खाती थी, फिर तीन-चार घण्टे कमरे में बन्द हो जाया करती थी। बी की उमर बालों में सफ़ेदी के बावजूद कम लगने लगी थी। कोई मुआ अब दोपहर या रात में आता भी नहीं था। बी एक बार फिर भाईजान की दूरअंदेशी पर दंग थीं और ज़िन्दगी फिर से अपनी-सी लगने लगी थी।

जो दिन बीत गये थे उनकी कुछ झलकियाँ यूँ थीं:

अम्माँ बी ने सबीहा के बालों में तेल लगाया। सबीहा ने अपने हाथ से बनाकर बी को खाना खिलाया, जौनपुरी हाथ के खाने का मज़ा ही कुछ और था।

बी ने सारी हवेली दिखायी, 1936 वाली ऑस्टिन की कहानी सुनायी। सबीहा ने अम्माँ बी की कुछ तस्वीरें खेंची। बी ने जद्दू, सलमा और हुश्शू के क़िस्से सुनाये। दोनों ने मिल के जुम्मन की शादी तय की और रात देर तक ये सोचकर हँसती रहीं के जुम्मन सेहरा पहनकर कैसा लगेगा।

सुबह जब हुई जुम्मन के घर पर तो यूँ हुई। लिहाफ़ को दोनों पैर मारकर जुम्मन ने नीचे गिरा दिया और खाट पर खड़ा होकर आँख बन्द किये कसरत करने लगा। साथ में कुछ बोल भी रहा था जो दूर मुँडेर के पास खड़े मास्टर नथ्थू की समझ में न आ रहा था।

नीचे चारपाई से उतरकर जुम्मन ने दौड़ते हुए अपने आँगन के चक्कर लगाये। हाँफते हुए जब एक जगह बैठ गया, तो नथ्थू ने मुँह की दातुन का कसैलापन उसके आँगन में थूक दिया। जुम्मन से आजकल दुश्मनी चल रही थी।

जुम्मन ने बाल्टी उठायी, आँगन के कोने में नहाने की जगह थी। ठण्ड में जुम्मन नहायेगा, मास्टर नथ्थू की समझ बेकार हो चुकी थी। आजकल साला नेकर की जगह पतलून पहनने लगा था। पढ़ना भी बन्द कर दिया था जुम्मन ने, जिससे नथ्थू की अय्याशी में छेद हो गये थे, और अहम् जो कुछ भी रहा होगा उसका, बेहद चोट खाये फिर रहा था।

जब जुम्मन ने मुँह पर साबुन लगा लिया और जाड़े में बाहर नहाते हुए भी पाँच का पहाड़ा बोलने लगा, वो भी बिल्कुल ठीक, तो बात नथ्थू की समझ से बाहर हो गयी। दीवार फाँदकर जुम्मन के सामने जा खड़ा हुआ और पानी की बाल्टी दूर कर दी।

जुम्मन ने जब साबुन लगी बन्द आँखों से बाल्टी टटोली और ना मिली तो हड़बड़ा कर पहाड़ा बोलना बन्द कर दिया और सीधा खड़ा हो गया, "कौन है बे?" डर भी गया था।

नथ्थू ने कहा, "पहले ये बता पाँच का पहाड़ा किसने सिखाया? मेरी शार्गिदी छोड़े तो तुझे एक महीना हो गया।"

"नहीं बताऊँगा।"

नथ्थू ने ग़ुस्से में ठण्डे पानी की पूरी बाल्टी जुम्मन पे डाल दी और दीवार फाँदकर दूसरी तरफ़ जा छुपा।

जुम्मन पर ठण्डा पानी पड़ने से जो असर हो सकता है हुआ। वो काँपा, कराहा, ऊँचा उछला, नीचे बैठा और हाय-हाय-हाय करता हुआ दोनों हाथों से पूरे बदन को मलने लगा। कुछ ठण्ड मिटाने के लिए और कुछ मास्टर नथ्थू को चिढ़ाने के लिए ज़ोर-ज़ोर से ठिठुरते दाँतों के बीच से पाँच का पहाड़ा निकलता रहा। ऐसा सुलूक तो आज तक किसी ने ना किया था पाँच के पहाड़े के साथ।

मास्टर नथ्थू ने छुपकर देखा।

जुम्मन ने पतलून-क़मीज़ पहनी, जूते भी पहने, ये कहाँ से आ गये इसके पास। सर में तेल लगाया, छोटे कंघे से बाल बनाये, कंघे को जेब में रखा और आँखों में सुरमा लगाया। अब आशिक़ तैयार था। जब जुम्मन ने अपने आपको आईने में देखा तो उँगली पे लगा सुरमा आईने पे लगा दिया। नथ्थू ज़ोर से बोल उठा, "चाय कल जैसी ही बनाना।"

जुम्मन जिस जगह खड़ा था वहीं पे पूरा पलट गया। उसका चेहरा चोरी पकड़े जाने पर मारे डर से पिचक-सा गया था, और मुँह खुला रह गया था।

अपनी उस्तादी का रंग चढ़ते देख नथ्थू ने फिर मुँडेर फाँदी और जुम्मन के सामने आ खड़ा हुआ। जुम्मन उसे देखता रहा, वैसे ही।

नथ्थू ने उसे झिंझोड़ा। जुम्मन कहीं से लौट आया, फिर वहीं जाने की सोच रहा था के नथ्थू ने पैंतरा बदला।

"अरे यार, तू यारों से ही पेट छुपायेगा। मैं भी कहूँ कि इस्कूल तो आता नहीं आजकल, तो पाँच का पहाड़ा कैसे याद कर लिया? देखो तो, नथ्थू मास्टर की अक़्ल पर ऐसा ताला पड़ गया कि ये भी ना समझ पाया कि आशक़ी में तो आदमी एक ही दिन में सारा हिसाब सीख जाता है।"

जुम्मन ने गर्दन नीचे झुका ली और अपने जूतों को देखने लगा।

"मेरे पास पालिश पड़ी है थोड़ी, आ जूतों पे लगा ले, चमक जायेंगे।"

नथ्थू ने जूते पालिश करते हुए यूँ ही पूछा, "अंग्रेज़ी भी पढ़ाती है?"

जुम्मन ने दोनों हाथों से अपना मुँह छुपा लिया।

नथ्थू पालिश करता रहा और जुम्मन हाथों के पीछे से मुँह चलाता रहा, ए फोर एप्पल से जेड फोर जेबरा तक सुना दिया।

नथ्थू ने कहा, "अम्माँ बी को पता ना चल जाये।"

जुम्मन सफ़ेद हो गया।

"मगर कौन बतायेगा? मैं तो तेरा यार हूँ, और किसी को मालूम नहीं।"

जुम्मन का रंग वापिस आ गया।

"एक पाँच रुपये दे दे यार, आज दोपहर के खाने के लिए कुछ नहीं है।"

जुम्मन ने पाँच रुपये दे दिये।

साइकिल लेकर जब निकलने लगा तो नथ्थू ने अन्दर से लाल रूमाल निकालकर उसके गले में लटका दिया।

जुम्मन ने रूमाल छुआ, गर्दन सीधी की, साइकिल पर सवार हुए और चल पड़े।

नथ्थू ने पाँच का नोट जेब में रखते हुए कहा, "जा बेटा, लाल रूमाल देखकर बी ने आज तुझे हलाल ना कर दिया तो मास्टरी छोड़ देगा नथ्थू।"

जुम्मन ने आँगन में साइकिल खड़ी की तो बी की आवाज़ आयी, "जुम्मन, नाश्ता लगा दे, बिटिया को जाना है।"

अम्माँ बी नाश्ते की मेज़ पर बैठी थीं और जुम्मन पास खड़ा था। बी कई तरफ़ से उसे देख चुकी थीं। कई तरह से उसे डाँट चुकी थीं। अब चीज़ें जुम्मन की बर्दाश्त से बाहर हो चुकी थीं। सबीहा चुपचाप नाश्ता करती रही। "क्या लग रहे हो तुम किसी ने बताया नहीं तुम्हें? रास्ते में कुत्तों ने पीछा नहीं किया? रूमाल देखो तो ज़रा इनकी। अएहए। छछूँदर के सर पे चमेली का तेल। अरे माटीमिले, कबूतर की बीट जित्ता तो चेहरा है तेरा, पुत नहीं जायेगा इस रूमाल से? उतार उसे।" जुम्मन की आँखों में आँसू थे, मजबूरन हाथ रूमाल की तरफ़ बढ़ाया उतारने के लिए, लेकिन उतार नहीं पा रहे थे। "उतार नहीं तो।..."

इससे पहले के बी कुछ कह पातीं, सबीहा ने नाश्ता ख़त्म किया, उठते हुए बोली, "रहने दीजिए अम्मी, इतना अच्छा तो लग रहा है," कहते हुए चली गयी।

जुम्मन को क्या हुआ होगा सोच लीजिए।

# दोपहरी

दोपहर एक बजे सबीहा खाने पर नहीं आयी। बी ने सोचा किसी काम में फँस गयी होगी, वैसे भी अब जुम्मन दिनभर यहीं रहता था।

जब शाम हो गयी और फिर रात और सबीहा ना लौटी तो बी परेशान हो गयीं। तरह-तरह के ख़याल आने लगे। पहली बार ये भी सोचा के जाने किस क़िस्म की लड़की है। क्या काम करती है, अपने कमरे में किसी को आने भी नहीं देती। कमरे तक गयीं, ताला लगा देखा, लौट आयीं। जुम्मन का भी चेहरा उतर गया था।

फ़ोन आया, कोई लड़का था, कहने लगा, "सबीहा बाहर गयी है, दो दिन बाद आयेगी।" बी ने पूछा, "आप कौन हैं?" तो फ़ोन रख दिया गया। किसी मर्द ने फ़ोन किया इसके लिए। कैसी लड़की है ये? सक्सेना साहब को फ़ोन किया, वो थे नहीं।

फिर से नज़र ताले पे गयी। अल्लाह, मैं तो कभी नहीं चाहती थी किसी को रखना, जाने इस कमरे में क्या है। या ख़ुदा, मेरी और मेरे बच्चों की हिफ़ाज़त करना। पता नहीं क्या होने वाला है।

रात में हर चीज़ और ज़्यादा ख़ौफ़नाक और हर बात ग़लत लग रही थी बी को।

काफ़ी देर इधर-उधर टहलकर, बड़े दरवाज़े तक गयीं, बाहर और अब अन्दर भी फिर वही मुर्दानी थी जिसकी आदत छूट-सी गयी थी बी को।

जुम्मन बी के पीछे-पीछे, जहाँ वो जा रही थीं, जा रहा था। वो इस हादसे की सच्चाई बी से कहीं ज़्यादा जानना चाहता था।

दो-तीन बार जब चलते हुए बी की नज़र ताले पर गयी जो सबीहा के कमरे पे पड़ा था, तो अन्दर क्या हो सकता है का डर इतना बढ़ गया के बी ने जुम्मन से ताला तोड़ने को कहा।

रात गये बड़े ज़ोरों की आवाज़ हुई, ताला टूटा, बी ने डरते-डरते बत्ती जलायी। कमरे में कोई नहीं था। सबीहा का बिस्तर, अटैची और बहुत-से खिलौने कपड़ों के बने हुए – कुछ तैयार और कुछ जो तैयार किये जा रहे थे। ख़रगोश, भालू, नन्ही-सी गुड़िया, दूल्हा मियाँ, शेरख़ान, ये सब बड़ी मासूमियत से बी को देखते रहे, और बी हैरान-सी उनको देखती रहीं।

# ग्यारह

धूप जब दबे पाँव हवेली का आँगन फलाँगती हुई बरामदे में आ बसी तो रोशनदान ने भी अपनी मजबूरी ज़ाहिर करते हुए उसे अम्माँ बी की गोद में फेंक दिया, कमर सीधी ही की होगी धूप ने के बी के चेहरे को छू लिया। बी ने आँखें खोलकर उसे जताया के हाँ, समझ गयी के एक और दिन है तू मेरे नसीब में।

अम्माँ बी सबीहा के कमरे में ही सो गयी थीं रात में, जुम्मन बरामदे में पड़ा रहा था।

पहले तो कई खिलौने देखकर बी को लगा ज़मीन से वास्ता छूट गया शायद, पर दीवारें और घर तो वही है और वो नसीब का मारा जुम्मन भी। सब याद हो आया, हड़बड़ाहट और नाराज़गी से उठीं और जुम्मन को उठाया।

आज ज़िन्दगी में पहली बार जुम्मन पे तरस आया था। उन्हें ये ग़लतफ़हमी हो गयी थी कि जुम्मन रातभर उनकी वजह से टिका रह गया था।

इतनी तजुर्बेकार नज़रें भी ना समझ पायीं इस आशिक़ का जज़्बा, अपने तबक़े की सोच से मजबूर थीं अम्माँ बी।

जुम्मन आदतन आँगन बुहारने लगा।

फ़ोन की घण्टी बजी।

बी के हाथ से चाबियों का गुच्छा गिरा, जुम्मन के हाथ से झाड़ू।

फ़ोन पर जावेद की आवाज़ सुनकर मायूसी हुई, इतने सालों में जो वो ना दे पाया था बी को, सबीहा ने महीने भर में दे दिया था। बी ज़ोर-ज़ोर से फ़ोन पर रोती रहीं और ज़िन्दगी में पहली बार अपनी तन्हाई का रोना अपने बेटे को सुनाया। जब बात और ना कर पायीं तो शायद जावेद ने किसी और को बुलाने के लिए कहा।

बी ने बिना सोचे फ़ोन जुम्मन को दे दिया। उसने फ़ोन कान को लगाया, मुँह पे तार लिपट जाने के बाद, और बस इतना बोला, "ठीक है, कह दूँगा।"

जुम्मन ने बी को चाय दी।

बी आँगन की धूप सेंकने के बहाने तख़्त पर लेट गयीं और नज़र फिर 1936 वाली ऑस्टिन पर गयी।

ऑस्टिन फिर चलने लगी। अब 65 बरस की अम्माँ बी काले लिबास में बैठी हवेली में दाख़िल हो रही थीं। सूने गलियारे और कमरों को तै करती हुई अपने कमरे में पहुँचीं तो कुछ लोगों के रोने की आवाज़ सुनाई दी। नज़र पलँग की तरफ़ गयी। थोड़ी देर देखती रहीं फिर जावेद की आवाज़ आयी, "अब्बा हमें छोड़कर चले गये अम्मी।" धम्म से बी नीचे गिरीं।

तख़्त पर चीख़ के बी उठीं तो ऑस्टिन अपनी जगह पर थी और जुम्मन पास खड़ा था। जुम्मन को देखा, फिर आसपास सब वैसा ही था जैसा कई सालों से रहा है।

बड़े दरवाज़े पर दस्तक हुई, जुम्मन दरवाज़े की तरफ़ लपका और बी भी उठ के खड़ी हो गयीं।

सक्सेना साहब ने आँगन में क़दम रखा, बी तख़्त पर बैठ गयीं। जुम्मन कुर्सी ले आया। "छोटे मियाँ का फ़ोन आया था विलायत से, फ़ोन करने को कहा है।"

"ख़ैरियत तो है?"

बी ख़ामोश रहीं।

सक्सेना साहब ने जावेद से बात की तो पता चला जावेद अम्माँ बी की वजह से परेशान थे।

"सब ख़ैरियत है बेटा और मैं हूँ यहाँ, बी को कुछ नहीं होगा।"

फ़ोन रखकर जब सक्सेना साहब लौटे तो बी ने कह दिया के कोई किरायेदार नहीं रहेगा मेरे यहाँ। जिस

दिन ये लड़की लौटेगी उसी दिन निकाल बाहर करूँगी। आवारा लोगों के लिए कोई जगह नहीं है मेरे घर में।

सक्सेना साहब ने लाख समझाया के कोई ख़ास बात नहीं हुई लेकिन आज बी के सामने उनकी एक ना चली। जाते हुए कह गये, "ठीक है, सबीहा लौट आये तो मुझे फ़ोन कर देना, मैं आकर हिसाब-किताब कर जाऊँगा।"

बी अपने उसी पुराने पलँग पर लेट गयीं और घड़ियाल की तरफ़ देखने लगीं।

जुम्मन छत पर कपड़े सुखाने लगा।

बी से अपने कमरे में बैठा ना गया, देर तक बरामदे में खड़ी रहीं और फिर सबीहा के कमरे में जाकर बैठ गयीं।

खिड़की से बाहर देखा।

जुम्मन आँगन की धूप को ओढ़े सो रहा था।

एक अधबनी गिलहरी उठायी और उसमें रुई भरने लगीं। कपड़े के सारे खिलौने मुस्कराने लगे जैसे वो जानते थे ऐसा होगा। जब बी ने गिलहरी की सिलाई भी कर दी तो गिलहरी जैसे अपनी ही कोई लगने लगी। शाम हो चली थी। बी ने गिलहरी को सबीहा के बिस्तर पर छोड़ा। जुम्मन को जगाया। चाय पी।

जुम्मन छत पर से कपड़े उतार रहा था जब उसकी नज़र बड़े दरवाज़े के बाहर आकर रुके ताँगे पर पड़ी।

सबीहा को उतरते देखा, "बी, बी!" चिल्लाता हुआ सीढ़ियों से उतरा। बी उसकी आवाज़ सुनकर बरामदे में आ गयी थीं। "बी, वो आ गयी हैं।"

बी ने कहा, "दरवाज़ा खोल दे, मेरे बारे में पूछे तो कह देना सो रही हूँ।"

जुम्मन ने दरवाज़ा खोला, सामने खड़ी थी वो – वही सबीहा। ज़िन्दगी लौट आयी जैसे जुम्मन में।

फिर वही अपनी-सी तेज़ी से सामान उठाया, कमरे में रखा। सबीहा ने आँगन पार करते हुए पूछा, "बी कहाँ हैं?"

"सो रही हैं। मैं चाय लाता हूँ।" थोड़ा आगे जाकर पलटा जुम्मन और ख़ुद ही बोला, "वैसी ही बनाऊँगा।"

सबीहा मुस्करायी।

जुम्मन पहाड़ा बोलते हुए चाय बना रहा था जब सबीहा की आवाज़ सुनी।

"जुम्मन, यहाँ आओ फ़ौरन।"

बी ने आँखें खोलीं फिर बन्द कर लीं लेकिन कान कुछ भी सुनने को बेताब थे।

सबीहा अपने कमरे के बाहर खड़ी थी, बेहद ग़ुस्से में थी।

"मेरे कमरे का ताला किसने तोड़ा, किसकी हिम्मत हुई मेरी ग़ैर-मौजूदगी में मेरे कमरे में जाने की?"

जुम्मन को काटो तो ख़ून नहीं। बता वो सकता नहीं था। बताये बिना रहा भी न जा रहा था, इस डर से के चोरी मेरे सर ना आ जाये।

जुम्मन ने बी के कमरे की तरफ़ इशारा कर दिया।

"ज़बान को लक़वा मार गया है क्या, मुँह से क्यों नहीं बोलते के अम्मी गयी थीं? लेकिन उन्हें ताला तुड़वाने की क्या ज़रूरत थी, चाबी तो मैं उनके तक़िये के नीचे छोड़कर गयी थी।"

बी ने तकिया पलटा – चाबी उन्हें देख रही थी। अब बी की समझ में न आया के वो क्या करें। "क्या-क्या नहीं सोच लिया था मैंने अपनी सबीहा के बारे में। तौबा-तौबा, अल्लाह मुझे माफ़ करना।" कानों को हाथ लगाये।

बी ने जब सबीहा के दरवाज़े पर दस्तक दी तो जुम्मन बावर्चीख़ाने के दरवाज़े की आड़ में खड़ा सुन रहा था।

"आ जाओ, दरवाज़ा खुला है।"

बी को देखकर सबीहा अपने बिखरे सामान में से उठी, "आदाब।"

"जीती रहो।"

"बैठिए।"

अम्माँ बी बिस्तर पर बैठ गयीं और सबीहा को सामान सँवारते देखती रहीं।

कुछ देर बाद पूछा, ''किसी बात से परेशान हो बेटा?''

सबीहा फूट पड़ी। ''इतना बड़ा ऑर्डर मिला है, जौनपुर में मेरी एक सहेली ने वादा किया था कि आधा निपटा देगी। कुछ काम नहीं किया उसने। पन्द्रह दिन बाद आ जायेंगे वो लोग। काम नहीं हुआ तो आइन्दा कभी ऑर्डर नहीं मिलेंगे और बेइज़्ज़ती अलग होगी।''

सबीहा रोने लगी, बी की गोद में सर रख दिया, बी को ऐसा सुकून कब मिला था। रोते-रोते नज़र गिलहरी पर गयी जिसे वो अधूरा छोड़ गयी थी। झटके से उठ बैठी।

''ये गिलहरी तो अधूरी थी ना।''

बी घबरा गयीं, ''बेटा मैं आयी थी तुम्हारे कमरे में, कुछ था नहीं करने को, तो इसे सी दिया।''

''ये आपने किया है?'' सबीहा दंग थी।

''हाँ, आइन्दा तुम्हारे काम में दख़ल नहीं दूँगी, पर तुम ऐसे छोड़कर जाओगी भी नहीं मुझे।''

''अम्मी, आपको मालूम है, आपका हाथ मुझसे कितना अच्छा है?''

''अरे हटो।''

''नहीं सच, आप मदद करेंगी मेरी?''

''मैं क्या बेटा, इस बुढ़ापे में।''

सबीहा ने आख़िर मना ही लिया बी को। सबीहा ख़ुश थी के शायद उसका काम हो जाये। बी को ख़ुशी थी कि वो अपनी बेटी के किसी काम तो आयेंगी। सबीहा ने जौनपुरी इमरतियों का डिब्बा बी के हाथ में थमाया, ''आपके लिए।'' बी ने इमरती मुँह में डाली। मायके की इमरती खाकर बी जैसे एकदम जवान हो गयीं। ''मैं हूँ ना तेरे साथ बेटा, जौनपुर की नाक नहीं कटने देंगे।''

# बारह

अम्माँ बी ने आज सालों के बाद अलार्म लगाया था। जब अलार्म की आवाज़ सारी लाल हवेली में फैल गयी तो हवेली की दीवारें, आँगन, बरामदा, कमरे, गलियारे जैसे सालों की नींद के बाद जाग उठे।

बी ने पहले जुम्मन फिर सबीहा को उठाया। "उठ बेटा, सुबह हो गयी, धूप चढ़ने को है, जल्दी शुरू करना चाहिए काम नहीं तो पीछे छूट जायेंगे।"

सबीहा को उम्मीद ना थी कि बी वाक़ई कुछ करेंगी।

चाय पीते-पीते बी ने सबीहा को बताया, "खिलौनों में रुई भरने की क्या ज़रूरत है? महँगी पड़ेगी। कतरनें मँगवा लेते हैं दर्ज़ी के यहाँ से। सस्ते में मिल जायेंगी। जहाँ-जहाँ ज़रूरत होगी, बस वहीं भरेंगे रुई। कुछ तो

पड़ी हैं मेरे पास, जावेद की शादी में दर्ज़ी बिठवाया था तो सँभाल ली थीं मैंने, सब हँसे थे, देखो आज काम आयेंगी।''

कई ताले फिर खुले और जुम्मन की पीठ पर लदी बड़ी-सी बोरी बरामदे में ख़ाली की गयी।

सबीहा ने कहा, ''अम्मी, फिर भी इतने कम दिनों में नहीं कर पायेंगे हम लोग।''

''अरे कैसे नहीं कर पायेंगे, तुम दिल छोटा मत करो बेटा। बस ये बताओ कि क्या-क्या बनाना है और कैसे बनाना चाहती हो।''

सबीहा ने बहुत-सी ड्रॉइंग्स दिखायीं। ''देखिए, इस तरह के 500 पीस बनने हैं और दिन हैं हमारे पास चौदह।''

बी ने ख़र्चों के बारे में पूछा, किस तरह का कपड़ा इस्तेमाल होगा, कैसे बनाना चाहती है सबीहा, सजावट के लिए क्या-क्या चाहिए होगा।

जब सब सुन-समझ लिया बी ने तो सक्सेना साहब को फ़ोन किया। ''भाईजान, गाड़ी भिजवा दीजिए, ज़रूरी काम है। और आप भी शाम में आ जाइएगा, रात का खाना साथ खायेंगे।''

गाड़ी में बैठकर बी और सबीहा बाज़ार करने गयीं। क़ीमतों पर जब बहस की बी ने और ज़्यादातर मुक़दमे

जीत भी लिये तो एक अजीब-सी ख़ुशी महसूस हुई उन्हें। सबीहा को कहीं पैसे नहीं देने दिये। "जब मिल जायेंगे तुझे तो ले लूँगी।" कपड़ा, बटन, सजावट के रिबन और जाने क्या-क्या ख़रीद डाला बी ने। गाड़ी दर्ज़ी नवाब के यहाँ रुकी। बी ने नवाब से कहा, "मशीन समेत कल आ जाना हवेली पर, एक कारीगर साथ ले के, काम है।" नवाब ने कहा, "बी, आजकल बहुत काम है, हफ़्ते में निपटाकर आता हूँ।"

"सुबह हवेली नहीं पहुँचा तो ताला पड़वा दूँगी दुकान पर।" अम्माँ बी का ऐसा रुवाब तो कभी देखा ही न था सबीहा ने।

घर से निकलते हुए चार पुराने लिहाफ़ दे आयी थीं जुम्मन को, रुई निकाल के पींजने के लिए, "अन्दर पड़े फफ़ूँद लग रही है इन्हें।"

जुम्मन अम्मा बी और सबीहा की आमद के लिए तैयार नहीं था। रुई पींजते-पींजते सफ़ेद हो गया था। काम करने के लिये उसने फिर वही नेकर और बनियान पहन रखी थी। इन लोगों को देखकर पतलून की तरफ़ लपका। बी ने ललकारा, "अरे बैठा रह, अपनी औक़ात से बाहर ना हो।" जुम्मन ने रुई को ज़ोर-ज़ोर से डण्डे मारना शुरू कर दिया। सबीहा की तरफ़ पीठ करके बैठ गया जैसे वो उसे अब देख ही न पा रही हो।

बी और सबीहा आँगन में तख़्त पर बैठे काम कर रहे थे। जुम्मन पीठ किये रुई पींज रहा था। नूर मुहम्मद ने हवेली में दाख़िल होते हुए ज़ोर से 'सलाम बी' कहा। जुम्मन का डण्डा रुक गया, पर मुड़ा नहीं। "कौन हो भाई और ऐसे सीधे कैसे चले आये हवेली में?"

"बी, आपने पहचाना नहीं। जनाब जुम्मन मियाँ के घर पर मिला था मैं आपसे।"

अरे ये कौन ख़बीस है जो जुम्मन को मियाँ और जनाब कह रहा है। "अरे तुम्हारी पहचान का है, जुम्मन?" जब जुम्मन ने जवाब नहीं दिया तो बी को याद आया के ये तो शायद वो बदनसीब है जो अपनी बेटी का निकाह इस छछूँदर से करना चाहता है।

"हाँ, हाँ पहचान लिया, शरबती के अब्बा हो ना, जुम्मन के होने वाले ससुर। बोलो क्या बात है?"

जुम्मन ने वहीं से कहा, "तू जा, कल बात करूँगा।"

"अब बी के सामने ही हो जानी चाहिए बात।" और नूर मुहम्मद ज़मीन पर बैठ गया।

"बी, तीन सनीचर पहले की तय हुई थी शादी आपके सामने, रक़म 500 मेहर की। महीने भर से रोज़ चक्कर लगाता हूँ इसके यहाँ, ये जाने क्यूँ टाल जाता है। शरबती तो सूखकर काँटा हो गयी है मारे ग़म के।"

बी को हँसी आ गयी। कहने से ना रह पायीं, "इसके लिए सूखकर काँटा हो रही है?"

"अब हमने सोचा आज नहीं तो कल सही। पर जब पता चला के हमारे होने वाले दूल्हा मियाँ कहीं आशक़ी फ़रमा रहे हैं तो आपके पास आने के अलावा कोई चारा न रहा।" नूर मुहम्मद रोने लगा।

बी ने एक नज़र जुम्मन पे डाली और एक नज़र दूर पड़ी पतलून और लाल रूमाल पर। फिर सबीहा को देखा, जो बी को देख रही थी। मारे हैरानी के ये ना समझ पायीं बी के ऐसा कैसे हो सकता है, पर ये समझ गयीं के बहरहाल ऐसा कुछ जुम्मन को शायद हो ही गया है।

"जुम्मन, इधर देख।"

जुम्मन हिला ही नहीं। हिल सकता ही नहीं था।

बी ने नूर मुहम्मद के सामने ज़्यादा कुछ कहना मुनासिब नहीं समझा।

"तुम जाओ जी और तैयारी करो, कल ही निकाह होगा इनका, ये मेरी ज़िम्मेदारी है।"

ससुर जी ने दूल्हा मियाँ को दूर से ही सलाम किया और चले गये।

बी उठकर जुम्मन के पास गयीं, रुई से भरा डण्डा उठाया और खेंचकर एक रसीद कर दिया। रुई के बड़े ढेर पर जाकर गिरा जुम्मन। रुई के साथ-साथ जुम्मन की आशक़ी भी उड़-सी गयी हवा में। थू-थू कर के मुँह से रुई निकालते हुए माफ़ी माँगी जुम्मन ने। बी ने पैसे

दिये और कहा, "जा, घर जा, जा के शादी की तैयारी कर, अरे नहा ज़रूर लेना माटीमिले।" जुम्मन जाने लगा।

"अरे ये अपनी पतलून और नामुराद लाल रूमाल तो लेता जा।"

जुम्मन ने कहा, "अब क्या फ़ायदा?" और दरवाज़े से बाहर ग़ायब हो गया।

सबीहा ने मासूमियत से पूछा, "किसपे आशिक़ हो गये थे?"

बी ने सबीहा को घूरा, "तुमपे।"

"मुझपे?" सबीहा तक़रीबन गिर गयी तख़्त पर।

सबीहा ने अपना सर बी की गोदी में डाल दिया और दोनों माँ-बेटी हँसती रहीं देर तक।

---

दर्ज़ी नवाब एक और कारीगर और मशीन के साथ काम कर रहा था बरामदे में।

सक्सेना साहब पास ही कुर्सी डाले बैठे हुए थे। उन्हें बुला लिया था, बी ने कहा था, "आप ज़रा हवेली पर बैठिएगा, हमें ज़रा जुम्मन की शादी में शरीक़ होने जाना है।"

सबीहा और बी एक साथ तैयार हुईं। जब सबीहा ने बी की मर्ज़ी की साड़ी पहनी और बी के बाल बनाये

तो ज़िन्दगी भर की हसरतें पूरी हो गयीं बी की। सबीहा की नज़र उतारते हुए बी ने पूछा, "शादी क्यों नहीं की अब तक? तेरी उमर में तो जद्दू पाँच बरस का था मेरी गोद में।" सबीहा बात टाल गयी।

जुम्मन की शादी का मंज़र कुछ यूँ था।

टेढ़े से शामियाने के बीच पचास के करीब लोग उधम मचा रहे थे। नथ्थू मास्टर ने टीन के कनस्तर पर खड़े रह के सेहरा पढ़ा। शुरुआत यूँ थी-

जिस सर पे बँधा है ये सेहरा
वो यार है मेहरा
ये कहता है नथ्थू मास्टर
के हमेशा ऊँचा रहेगा सेहरे से
मेरे यार जुम्मन का सर।

वाह-वाह के शोर में कई चवन्नियाँ नथ्थू पे आकर पड़ीं। इकट्ठी करने वो नीचे उतरा तो जुम्मन से टकरा गया। जुम्मन भी चवन्नियों के लालच में झुक गये थे।

"अबे, तेरी तो शादी है बे।" नथ्थू जब खड़े हुए तो कोई कनस्तर ले जा चुका था।

मौलवी साहब ने कहा वक़्त हो गया है।

शरबती ने पहली बार में हाँ कर दी।

जुम्मन को जब तीसरी बार पूछने की ज़रूरत पड़ी तो सन्नाटा छा गया।

नथ्थू ने चिकोटी काटी।

"आई" निकला जुम्मन के मुँह से और निकाह हो गया।

अम्माँ बी ने शरबती को पैसे दिये और कहा, "कल जुम्मन के साथ ही आ जाना हवेली पर, काम में हाथ बँटा देना, कुछ कपड़े भी दूँगी तुझे।"

सबीहा ने लौटते में पूछा, "शरबती को क्यों बुलाया?"

"सीना-पिरोना जानती है। हमारे काम में हाथ बँटा सकती है। जितने लोग होंगे बेटा, उतनी जल्दी काम होगा हमारा।"

ज़रा से काम में जुटकर कल तक की तन्हा, मायूस, बेचारी अम्माँ बी के चेहरे पे आज वो नूर था जो सिर्फ़ काम करने वालों के चेहरे पे होता है, शायद।

# तेरह

सुबह आज बड़ी अलसायी-सी उतरी जुम्मन के आँगन में।

शरबती ने जब लिहाफ़ उठा के अपने मियाँ का चेहरा देखना चाहा तो उसकी नज़र उनके पैरों पर पड़ी जिनका बयान पहले किया जा चुका है।

चूल्हा जब जला लिया शरबती ने तो धुआँ चल पड़ा जुम्मन को उठाने। जुम्मन ने मेढक की तरह एक बार सर लिहाफ़ से बाहर निकालकर फिर से अन्दर छिपा लिया। टर्र की बजाय 'शब्बो' निकला था उनके मुँह से। शरबती ने आवाज़ सुनकर अपनी दायीं आँख बायीं तरफ़ घुमायी और बायीं आँख दायीं तरफ़ और सीधे जुम्मन

की तरफ़ देखा, उसकी भैंगी आँखों ने ऐसा तिरछा वार किया जुम्मन पर के वो एक ही झटके में उसके पास आ बैठा। ''ऐसे न देख नहीं तो मर जाऊँगा।''

तैयार हो के दूल्हा-दुल्हन साइकिल पे सवार हुए और हनीमून के लिए लाल हवेली की तरफ़ चल दिये। जब सूअर ने भी रास्ता दे दिया तो जुम्मन को लगा शब्बो की तक़दीर अच्छी है, पड़ोसी भी इज़्ज़त करने लगे इसके आते ही।

दहेज़ में जो ट्रांज़िस्टर मिला था वो जुम्मन के कन्धे पे था, गाना बज रहा था, पीछे शरबती का लाल दुपट्टा मलमल का हवा में उड़ता जा रहा था और 'ओ जी' साइकिल चला रहे थे।

सब काम में इतने मसरूफ़ थे के जुम्मन और शरबती कब बरामदे तक पहुँच गये किसी को पता ही न चला। वो बड़ा दरवाज़ा जो हमेशा बन्द रहता था आज खुला था और लाल हवेली के वीराने को इन सब लोगों ने मिलकर जाने कहाँ दफ़न कर दिया था।

साफ़ कुर्ते-पायजामे में जुम्मन और लाल जोड़ा पहने शरबती ने आदाब कहा तो बी ने नज़र उठायी।

''आए हाय, मान गयी तुझे बीबी, एक ही रात में इन्सान बना दिया तूने मेरे मेमने को।''

शरबती की बजाय जुम्मन शरमा गये। ट्रांज़िस्टर समेत बावर्चीख़ाने में जा पहुँचे और चाय बनाने लगे। शरबती बी का हाथ बँटाने लगी।

सबीहा हर चीज़ को बड़े ग़ौर से बनता देख रही थी, कहीं कोई कमी न रह जाये। ग़लती पर अम्माँ बी तक को नहीं बख़्शा था उसने।

---

कई दिन बीत गये। बड़ा वाला कमरा ख़ाली करवा लिया गया था। तैयार खिलौने वहाँ तरतीब से लगा दिये गये थे।

जब आख़री खिलौना अपनी मंज़िल तक पहुँचा तो सबीहा ने बी को गले लगा लिया और बोली, ''माँ को तो देखा नहीं मैंने, बचपन में ही मर गयी थीं, पर आपसे मिलकर सालों की कमी दूर हो गयी। काम अपनी जगह है, पर कभी टूटने ना दीजिएगा ये रिश्ता।'' बी ने अपनी बेटी के आँसू पोंछे। ये मंज़र भालू, शेरख़ान, खरगोश, गिलहरियों और जाने किस-किस ने देखा। पर अपने हालात से मजबूर कुछ कह ना पाये। वहीं, वैसे ही बैठे अपनी मौजूदगी का एहसास दिलाते रहे।

टॉयज़ प्राइवेट लिमिटेड के जनरल मैनेजर साहब ख़ुद तशरीफ़ लाये थे देखने के लिये। व्यापारी होने के

बावजूद कहने से चूक ना पाये कि इस बार के खिलौने पहले के मुक़ाबलतन कहीं बेहतर हैं। "मैं ट्रक भिजवा दूँगा। आप पॉलीथीन के लिफ़ाफ़ों में डालकर भिजवा दीजिएगा गोदाम तक, पैकिंग वहीं हो जायेगी।" जाते हुए चैक और नया ऑर्डर भी दे गये।

ट्रक आ गया और सामान लदने लगा। खिलौनों की विदाई पर अम्माँ बी की आँखें भर आयीं। कल तक तो मेरे थे, आज ज़माने के हो जायेंगे। ये तो फिर खिलौने थे, इन्सान तक यूँ चले जाते हैं छोड़कर। जद्दू याद आ गया बी को। सबीहा ने समझाया, नया ऑर्डर मिला है बनाने का मज़ा तो न छीन पायेगा कोई।

रात के खाने पर सक्सेना साहब ने गर्मजोशी से बी और सबीहा को मुबारकबाद दी और यूँ ही पूछ लिया, "आजकल कोई नहीं आता बी, दोपहर या रात में तंग करने?"

अम्माँ बी तो भूल ही गयी थीं। "वाक़ई भाईजान, जब से सबीहा आयी है तब से हिम्मत नहीं हुई उस नामुराद की क़दम रखने की यहाँ।"

"बी, वो आपका अपना अकेलापन डराता था आपको।" बी ने यह बात मानने से साफ़ इनकार कर दिया।

"अच्छा चलिए छोड़िए, ये बताइए, मुझपे भरोसा है के नही?" सक्सेना साहब ने पूछा।

बी ने कहा, "आप पर तो सबसे ज़्यादा भरोसा करती हूँ मैं पूरे लखनऊ भर में।"

"मुझसे भी ज़्यादा?" सबीहा ने कहा।

"तुझपे तो अपने से भी ज़्यादा भरोसा है बेटा।"

"मुझसे भी ज़्यादा?" सक्सेना साहब चहके।

"अरे हटाओ, बेवकूफ़ बना रहे हो मुझे तुम दोनों," बी ने किसी बच्चे की तरह कहा।

तीनों हँस दिये और देर रात तक ज़िन्दगी के मज़े लूटते रहे।

जुम्मन थका-हारा सो गया था।

शरबती ने खाने के बाद चाय पिलायी, पूछा, "हम जायें?"

सक्सेना साहब ने कहा, "बी से पूछो।"

"उन्हीं से तो पूछ रही हूँ," सक्सेना साहब की तरफ़ देखते हुए शरबती ने कहा।

सबीहा ने पहली बार शरबती को क़रीब से देखा, दिखने में अच्छी थी बस इधर की नज़र उधर थी और उधर की इधर।

"जाओ, सुबह आराम से आना," बी ने कहा।

शरबती जब चली गयी तो बी मुस्कुरायीं, "ऐसी ही तिरछी नज़र चाहिए जुम्मन को सीधा देखने के लिए, मुआ ख़ुद भी तो एक तरफ़ झुक के लहराता हुआ चलता है।"

चाय ख़त्म करके सबीहा ने एक ऐसा सवाल पूछा बी से जो बड़े मियाँ के बाद आज तक किसी ने न पूछा था।

"अम्मी, आपका नाम क्या है?"

"कौन–सा बताऊँ, मायके का या ससुराल का? शादी से पहले मैं तहमीना थी, अम्मी तुम्मो बुलाती थीं मुझे।" बी ने ठण्डी साँस ली। "शादी के बाद मुमताज़ हो गयी, बड़े मियाँ अपने आपको किसी शाहजहाँ से कम थोड़ा ही समझते थे," कहते हुए लाल हो गयीं अम्माँ बी।

सबीहा "अभी आती हूँ" कहकर अपने कमरे में गयी।

मुमताज़ सिद्दिक़ी के नाम का चेक काटा, लौटकर बी के हाथ में थमा दिया।

बी ने चेक पर से नज़र उठायी, "ये क्या है?"

"आपके काम का मुआवज़ा।"

"दिमाग़ तो नहीं ख़राब हो गया तुम्हारा, तुमसे पैसे लूँगी मैं?"

सक्सेना साहब ने कहा, "ये तुम्हारे ख़ुद के कमाये पैसे हैं, कोई ख़ैरात नहीं है।"

"मेरी कमाई? अरे छोड़िए, बेटियों से पैसे लेती फिरूँगी, अल्लाह मियाँ को मुँह नहीं दिखाना क्या? जहन्नुम में जाने का इरादा नहीं है मेरा।"

रात दो बज गये बी को समझाने में सबीहा और

भाईजान को के ये उनकी हक़-हलाल की कमाई है। जिसपे सिवाय उनके किसी का हक़ नहीं बनता और जो और कोई इस्तेमाल करेगा इसे तो वो जहन्नुम में ज़रूर जायेगा।

मेरी सबीहा मेरी वजह से जहन्नुम जायेगी ख़ुदा न करे। बी ने चेक ले लिया।

जब बी अपने पलँग पर लेटीं तो नींद ना आयी। नज़र बड़े मियाँ की आदमक़द तस्वीर पर जा टिकी। कुछ देर देखती रहीं, फिर तकिये के नीचे से चेक निकाला, वही मुमताज़ सिद्दिक़ी के नाम का, रिश्तों और सालों में खो गये नाम को फिर से पढ़ा, फख्र से चेहरा उठाया, चेक तस्वीर को दिखाया। आँखें नम हो आयीं, मगर कुछ कह ना पायीं।

उठीं और कमरे से बाहर निकलकर छत पर चली गयीं।

ज़ख ठण्ड में भी चेहरा तमतमा रहा था।

देखा चाँद पूरा का पूरा जाग रहा था।

अम्माँ बी को देखकर ठहर-सा गया।

फिर मुस्करा कर पूछा, "कहो बी, क्या कहना है?"

बी ख़ामोश सोते अँधेरे शहर को देखती रहीं।

चाँद ने फिर पुचकार कर पूछा, "कहो अम्माँ बी, क्या कहना है?"

पैंसठ साल के दबे एहसास चीख़ उठे, गला भर आया और तक़रीबन चीख़ के बी ने कहा, "अम्माँ बी नहीं भैया, मुमताज़ सिद्दिक़ी नाम है मेरा, और ये मेरी अपनी कमाई के हैं, बता देना उन्हें।"

**पंकज कपूर** (जन्म 1954) भारत के प्रख्यात रंगमंच, टेलीविज़न एवं फ़िल्म अभिनेता और निर्देशक हैं। उन्हें कई पुरस्कारों से नवाज़ा गया है, जिसमें तीन राष्ट्रीय फ़िल्म पुरस्कार और एक फ़िल्मफ़ेयर पुरस्कार शामिल हैं। "दोपहरी" उनका पहला उपन्यास है।